ストライクウィッチーズ 乙女ノ巻

著：南房秀久
原作：島田フミカネ＆
Projekt Kagonish

角川文庫 15255

STRIKE WITCHES
Shimada Humikane & Projekt Kagonish

CONTENTS

本文イラスト:上田梯子
Illustration : Humikane Shimada
design work : Toshimitsu Numa（D式 Graphics）

宮藤芳佳

YOSHIKA MIYAFUJI　NAME

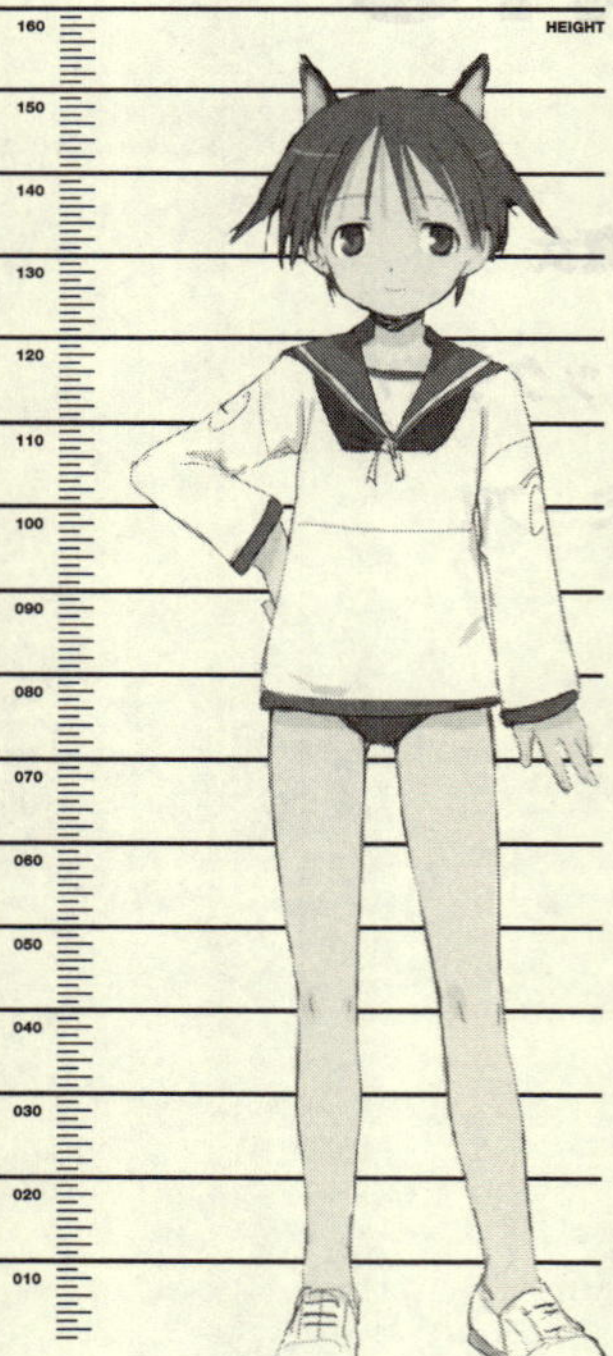

所　属：扶桑皇国
海軍遣欧艦隊第24航空戦隊288航空隊
階　級：軍曹
身　長：150cm
誕生日：8月18日
年　齢：14歳
使用機材：A6M3a
使用武器：99式2号2型改13mm機関銃
M712シュネルフォイアー

501st JOINT FIGHTER WING
“STRIKE WITCHES”
MUSTER ROLL

ミーナ・ディートリンデ・ヴィルケ

MINNA-DIETLINDE WILCKE NAME

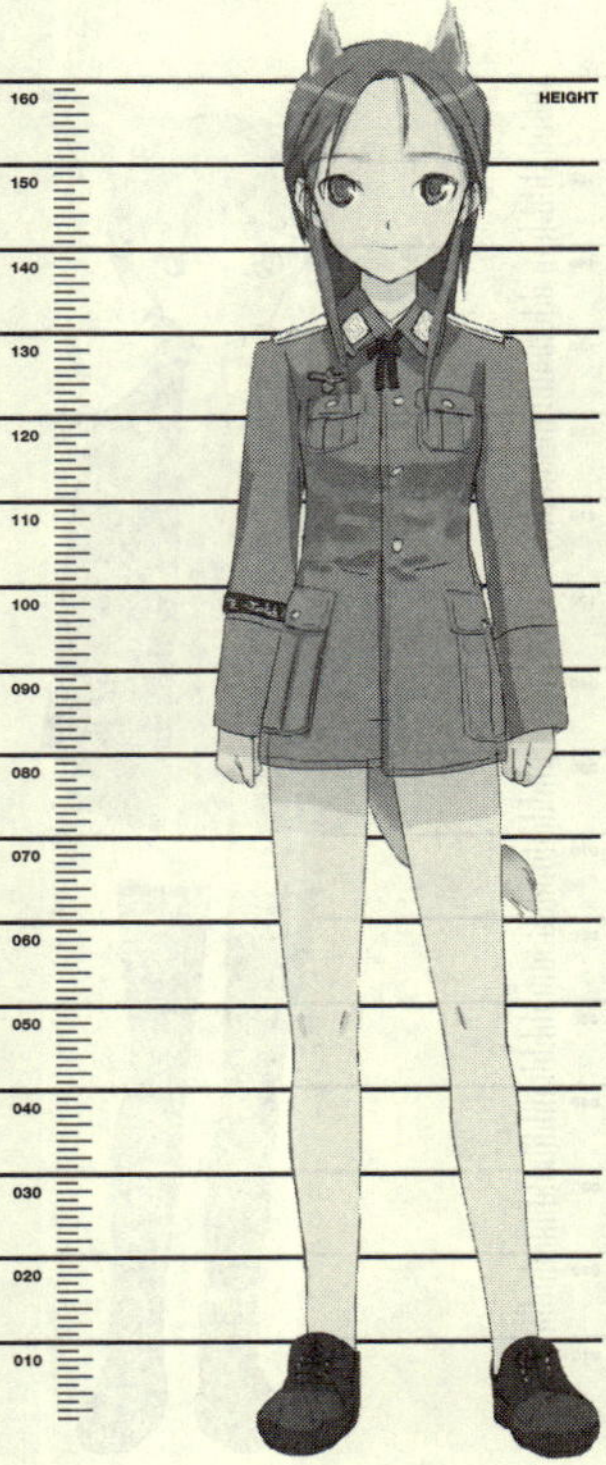

所　　属：カールスラント
空軍JG3航空団司令
階　　級：中佐
身　　長：165cm
誕 生 日：3月11日
年　　齢：18歳
使用機材：Bf109G-2
使用武器：MG42

坂本美緒

MIO SAKAMOTO NAME

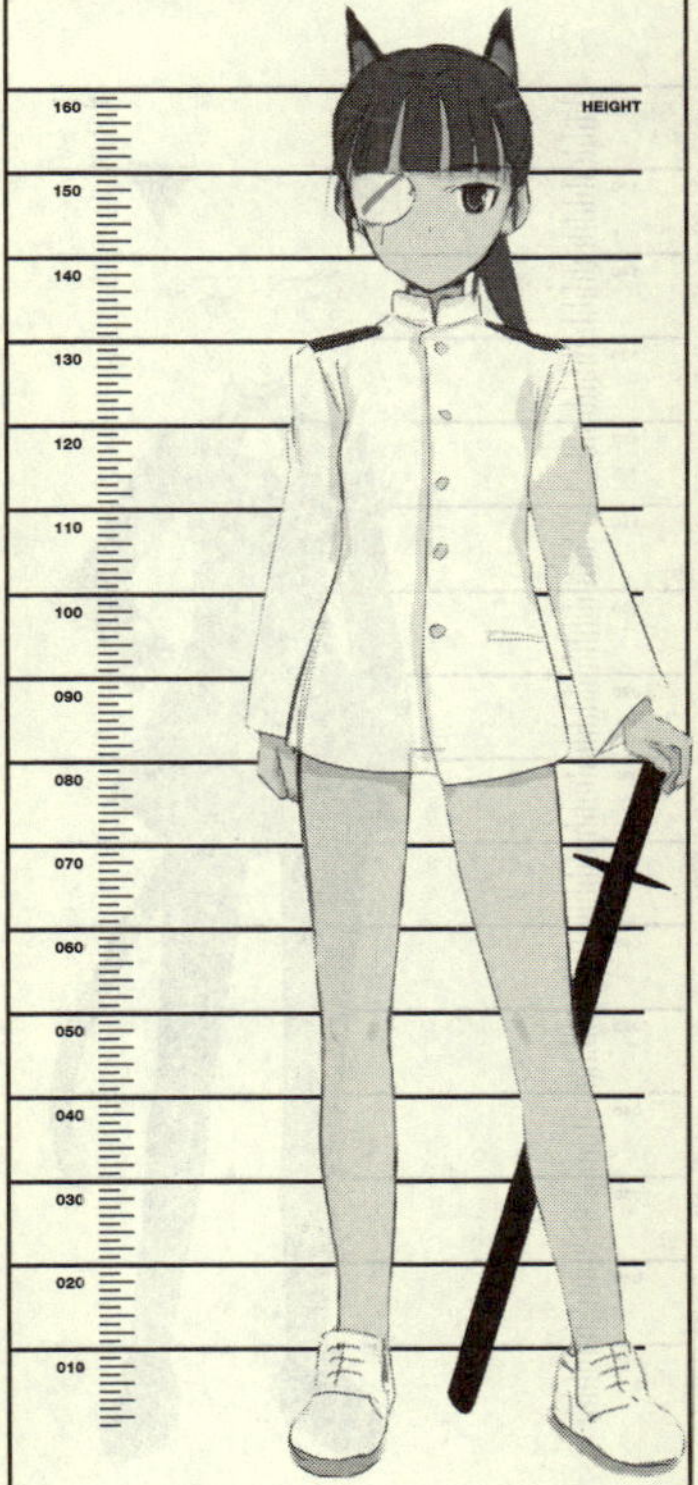

所　　属：扶桑皇国
海軍遣欧艦隊第24航空戦隊288航空隊
階　　級：少佐
身　　長：165cm
誕 生 日：8月26日
年　　齢：19歳
使用機材：A6M3a
使用武器：99式2号2型改13mm機関銃
日本刀

ペリーヌ・クロステルマン

PERRINE-H. CLOSTERMANN　NAME

HEIGHT

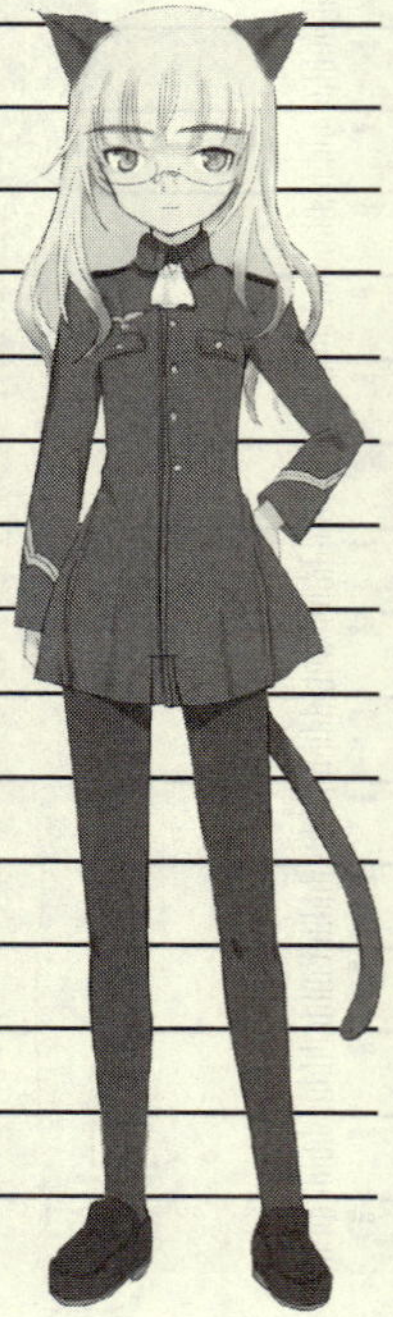

所　　属：自由ガリア
　　　　　空軍第602飛行隊
階　　級：中尉
身　　長：152cm
誕 生 日：2月28日
年　　齢：15歳
使用機材：VG39
使用武器：レイピア
　　　　　ブレン軽機関銃Mk1

リネット・ビショップ

LYNETTE BISHOP　NAME

HEIGHT

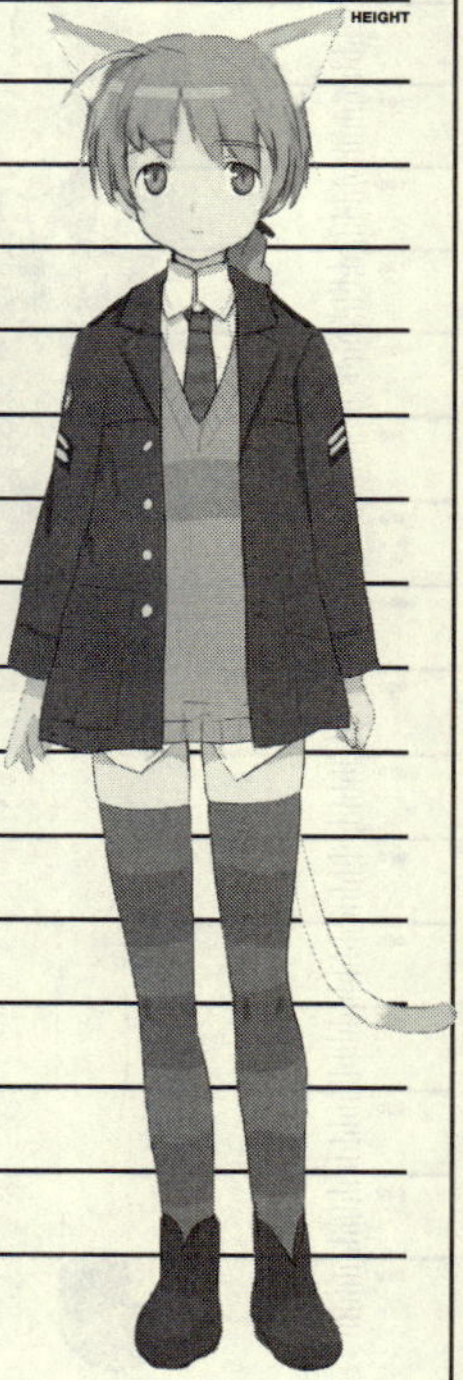

所　　属：ブリタニア
　　　　　空軍610戦闘機中隊
階　　級：軍曹
身　　長：156cm
誕 生 日：6月11日
年　　齢：15歳
使用機材：スピットファイアMk IX
使用武器：ボーイズMk1対装甲ライフル

エーリカ・ハルトマン

ERICA HARTMANN　NAME

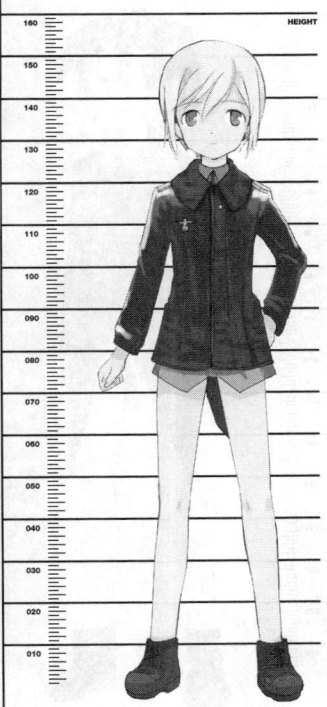

所　　属：カールスラント
　　　　　空軍JG52
階　　級：中尉
身　　長：154cm
誕 生 日：4月19日
年　　齢：16歳
使用機材：Bf109G-6
使用武器：MG42
　　　　　MP40

フランチェスカ・ルッキーニ

FRANCESCA LUCCHINI　NAME

所　　属：ロマーニャ公国
　　　　　空軍第4航空団
階　　級：少尉
身　　長：148cm
誕 生 日：12月24日
年　　齢：12歳
使用機材：G55チェンタウロ
使用武器：M1919A6

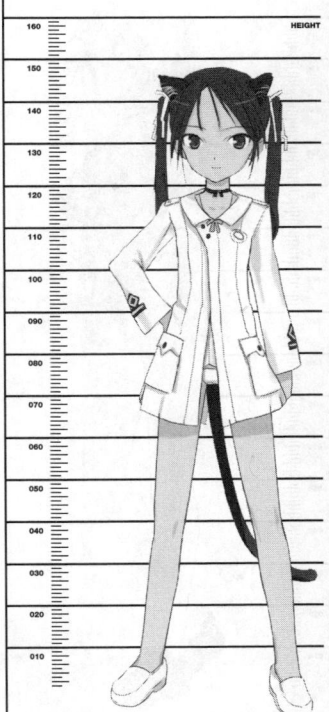

シャーロット・E・イェーガー

CHARLOTTE E. YEAGER NAME

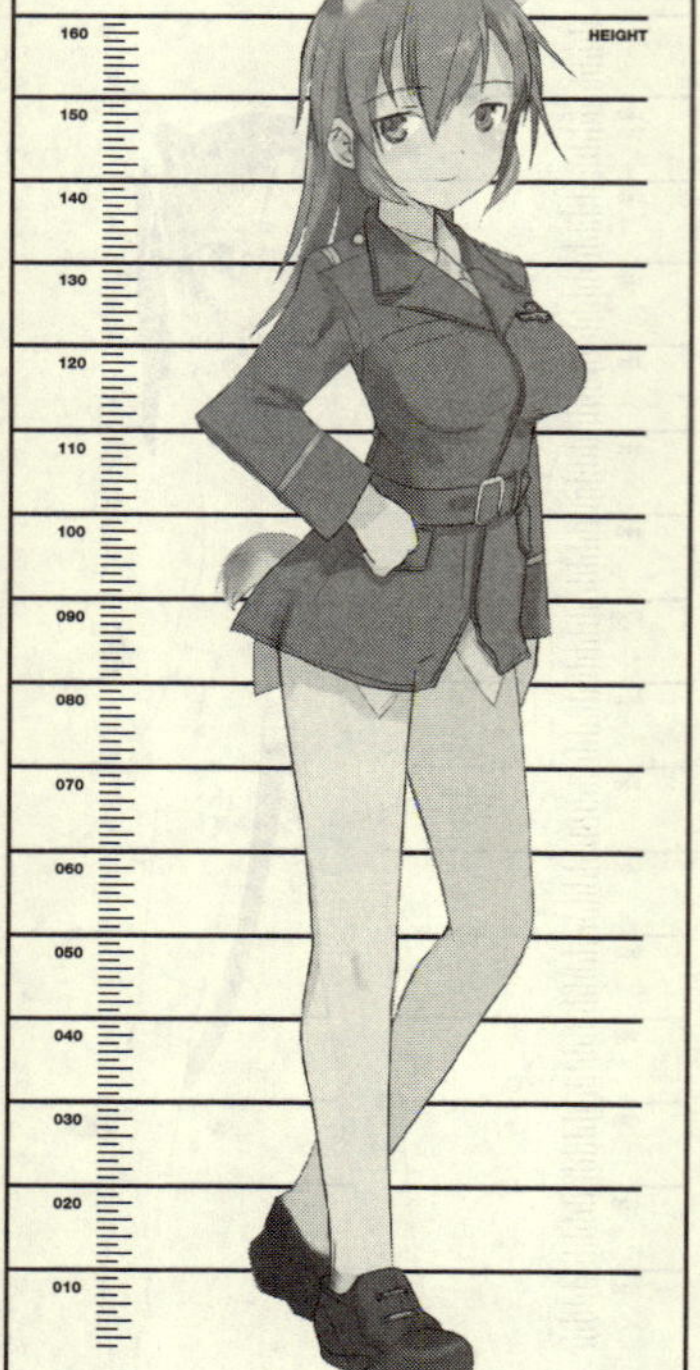

所　　属：リベリオン合衆国
　　　　　陸軍第363戦闘飛行隊
階　　級：大尉
身　　長：167cm
誕 生 日：2月13日
年　　齢：16歳
使用機材：P-51D
使用武器：BAR
　　　　　M1911A1

ゲルトルート・バルクホルン

GERTRUD BARKHORN NAME

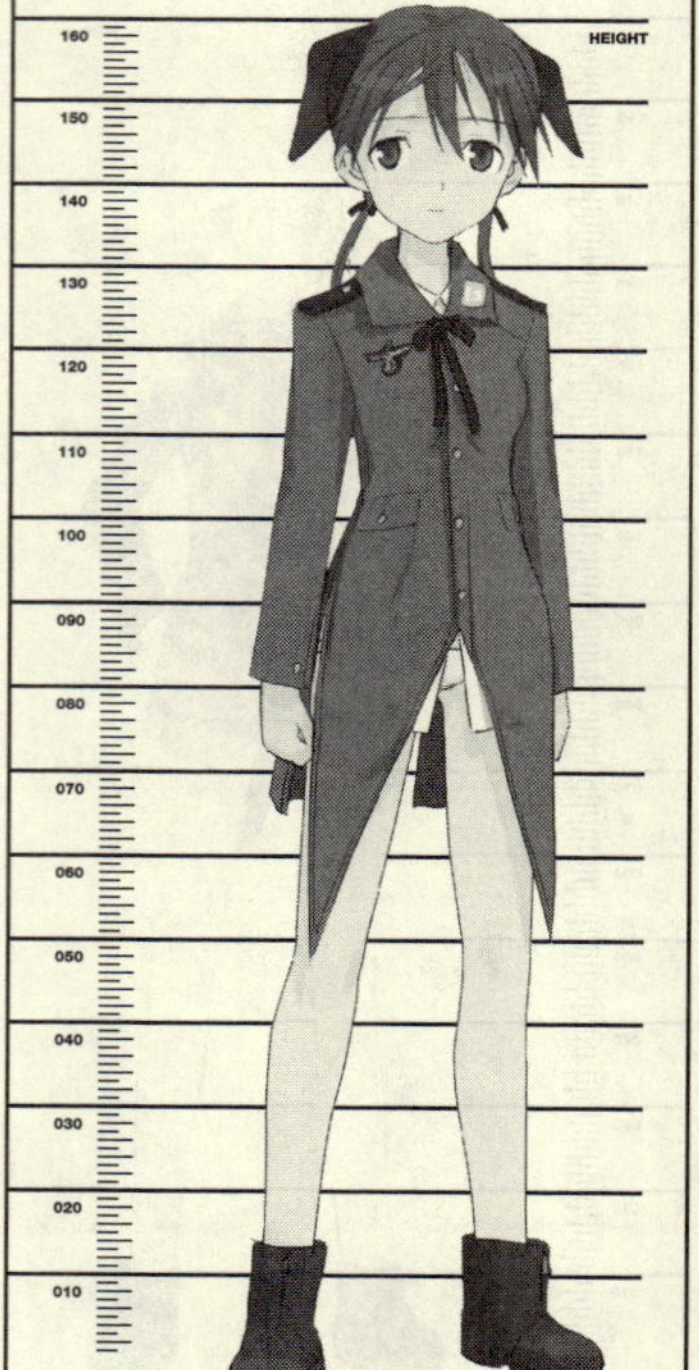

所　　属：カールスラント
　　　　　空軍JG52第2飛行隊司令
階　　級：大尉
身　　長：162cm
誕 生 日：3月20日
年　　齢：18歳
使用機材：Fw190D-6プロトタイプ
使用武器：MG42・MG131
　　　　　MG151/20

サーニャ・V・リトヴャク

NAME
SANYA V. LITVYAK

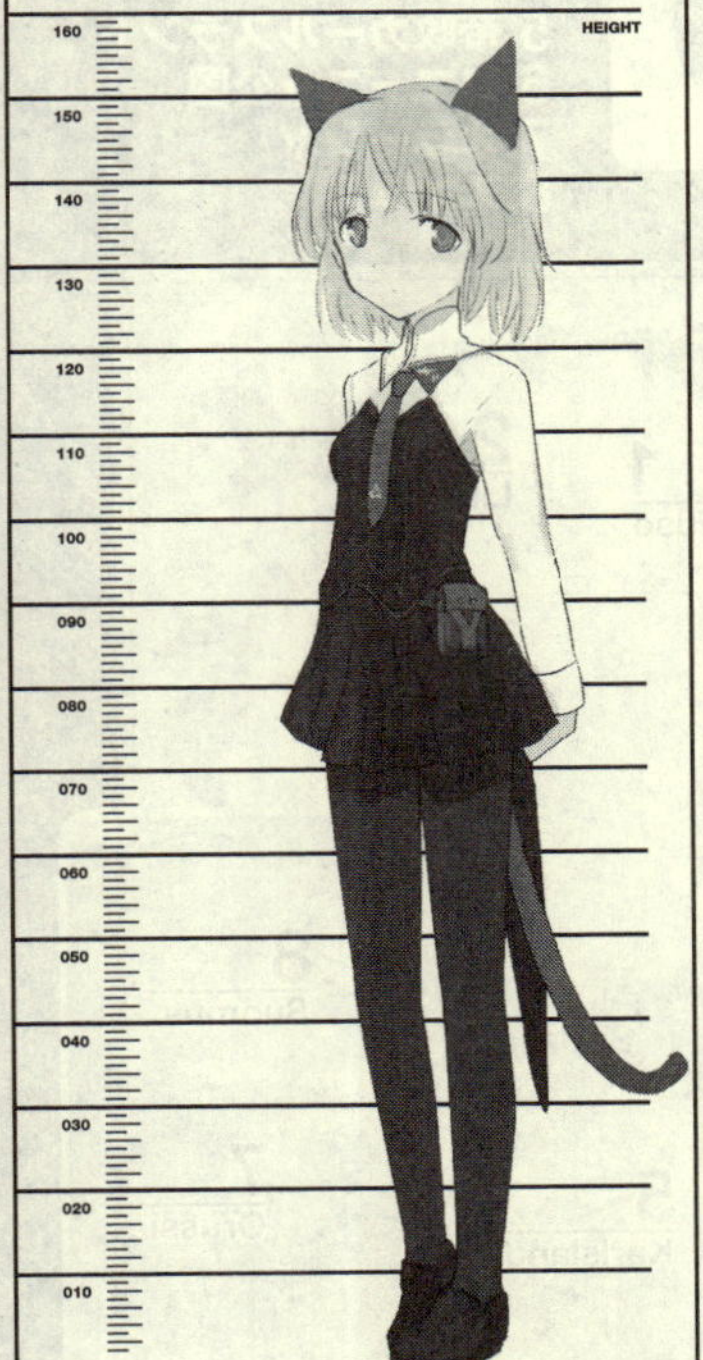

所　　属：オラーシャ
　　　　　陸軍586戦闘機連隊
階　　級：中尉
身　　長：152cm
誕 生 日：8月18日
年　　齢：13歳
使用機材：Mig60
使用武器：フリーガーハマー

エイラ・イルマタル・ユーティライネン

NAME
EILA ILMATAR JUUTILAINEN

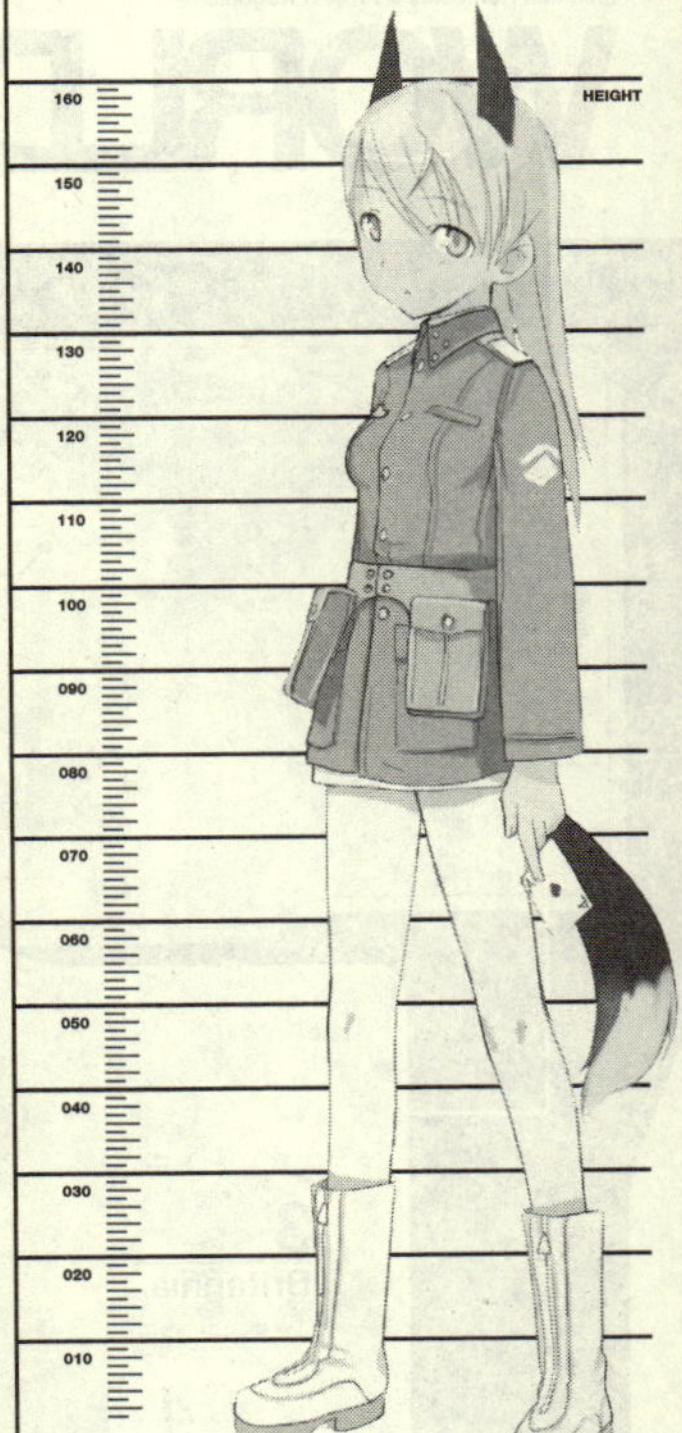

所　　属：スオムス
　　　　　空軍飛行第24戦隊
階　　級：少尉
身　　長：160cm
誕 生 日：2月21日
年　　齢：15歳
使用機材：Bf109G-2
使用武器：スオミM1931短機関銃
　　　　　MG42

STRIKE WITCHES
Shimada Humikane & Projekt Kagonish

WORLD

1.扶桑皇国
2.リベリオン合衆国
3.ブリタニア連邦
4.自由ガリア
5.帝政カールスラント
6.ロマーニャ公国
7.オラーシャ
8.スオムス

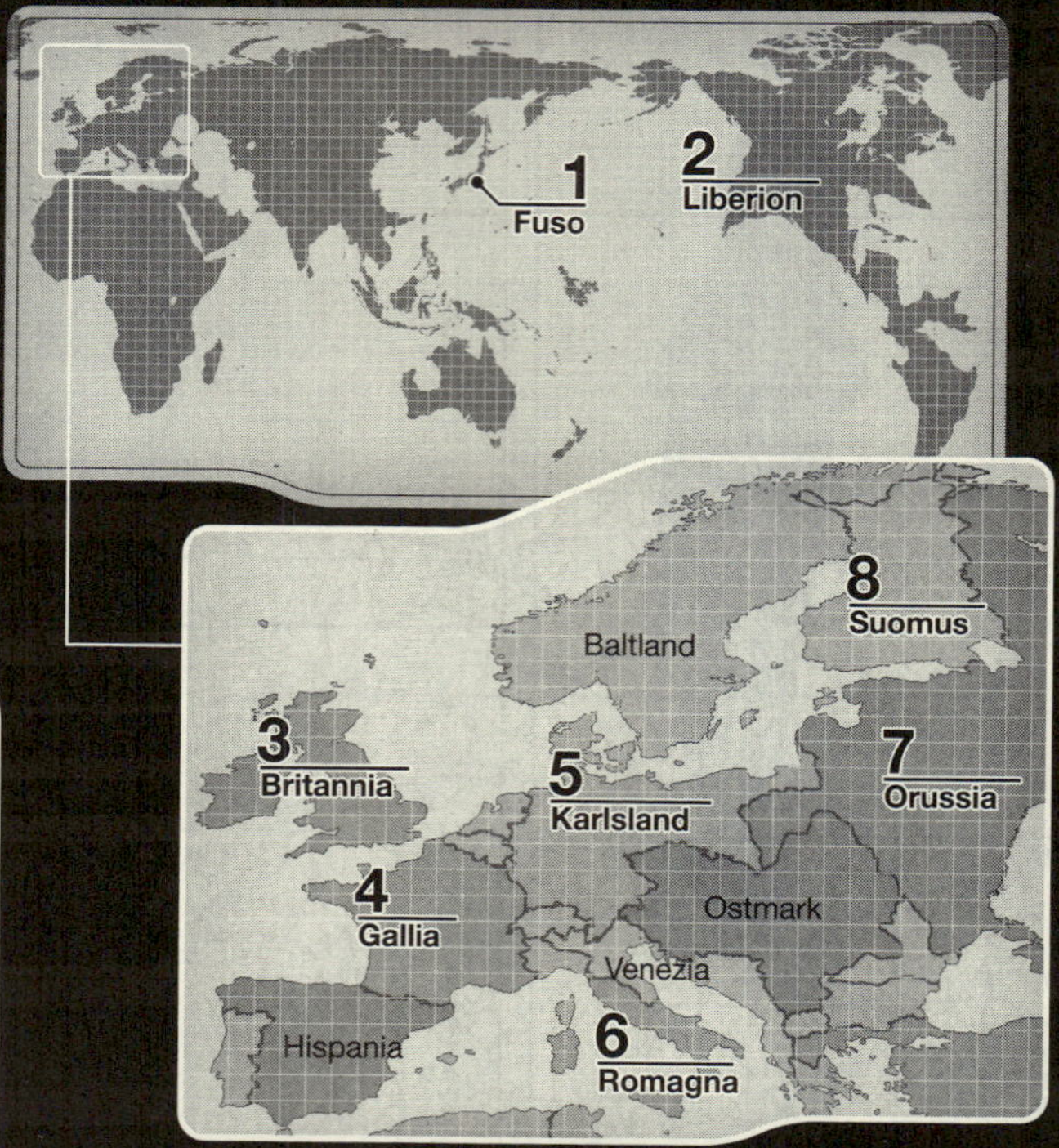

プロローグ
PROLOGUE

STRIKE WITCHES
Shimada Humikane & Projekt Kagonish

1939年。

それは、何の前触《まえぶ》れもなく、我々人類の前に現われた。

我々はそれを、ネウロイと名付けた。

ネウロイがどこから、何のために来たのか、誰《だれ》にも分からなかったが、彼らの攻撃《こうげき》によって、人々が生まれ育った町を、国を追われていったことは確かだった。

ネウロイに対し、徹底抗戦《てっていこうせん》に打って出た人類は、対ネウロイ用の新兵器を開発した。

ストライカー・ユニット。

ネウロイに効果的な力とされる魔力《まりょく》を増大させ、その魔力による飛行を可能にした、新たな魔法のホウキである。

それを装備し、戦うため、強大な力を持つ魔女、ウィッチが世界各国から集められた。
対ネウロイ用に編制された精鋭《せいえい》部隊、連合軍第501統合戦闘《せんとう》航空団。
人々は彼らを、ストライクウィッチーズと呼んだ！

第一章
CHAPTER 1
STRIKE WITCHES
Shimada Humikane & Projekt Kagonish

東から来た善き魔女

深く蒼《あお》い、ブリタニアの空。

白く真珠《しんじゅ》のように輝《かがや》く、夏の太陽。

風がかすかに草の葉を揺《ゆ》らす、翠《みどり》の草原。

そんなターナーの名画を思わせる風景の中に、連合軍第５０１統合戦闘航空団、ストライクウィッチーズの基地はあった。

かすかに陽炎《かげろう》が立つ滑走路《かっそうろ》の隅《すみ》に置かれた、デッキチェア。

水着姿でそこに寝《ね》そべり、滑《なめ》らかな肌《はだ》を焼いているのは、リベリオン出身のシャーロット・E・イェーガー大尉《たいい》と、ロマーニャ出身、ウィッチの中では一番年少のフランチェスカ・ルッキーニ少尉である。

ツインテールの黒髪《くろかみ》のルッキーニは、言いたいことを口にせずにはいられない、みんなの可愛《かわい》い妹分といったところ。

ブラウンの髪を風になびかせるシャーリーは、「グラマラス・シャーリー」の二つ名が示す通りのナイスバディを誇《ほこ》る、おおらかで笑顔《えがお》を絶やさない美少女だ。

「お〜、お帰り〜」

空を舞《ま》っていた二機のウィッチが降りてくるのを見て、シャーリーは気の抜《ぬ》けた声をかける。

着陸したのは、オラーシャ陸軍から来たサーニャ・V・リトヴャク中尉と、スオムス空軍出身のエイラ・イルマタル・ユーティライネン少尉。

北国の出身である二人は、透《す》き通るような白い肌をしている。

そう。

ネウロイの侵攻《しんこう》に対するブリタニアのイージスの楯《たて》、ストライクウィッチーズは、各国の精鋭を集めた連合部隊なのだ。

「相変わらず、緊張感《きんちょうかん》のない方々ですこと。戦闘待機中ですわよ」

と、シャーリーたちの傍《かたわ》らにやってきて声をかけてきたのは、優雅《ゆうが》に日《ひ》傘《がさ》を差したペリーヌ・クロステルマン中尉。

メガネの奥の瞳《ひとみ》に知性の光るこの金髪《きんぱつ》の少女は、ガリアの貴族の出。

射撃《しゃげき》においても、フェンシングにおいても他者に引けをとることがない自信家だ。

「データ解析《かいせき》だと、あと二十時間は来ないはず。中佐《ちゅうさ》から許可も貰《もら》ってるし、それに暑いし〜、見られて減るもんでもないし〜」

ペリーヌに嫌味《いやみ》を言われても、シャーリーはいたってのん気だ。

「ペリーヌは、減ったら困るから、脱《ぬ》いじゃダメだよ〜」

ルッキーニは、シャーリーのいたって豪快《ごうかい》な胸と、ペリーヌのかなり控《ひか》えめなそれを比べて、ニッと笑う。

「お、大きなお世話です！　まったく！」

つんと澄《す》ました表情を見せるペリーヌ。

どうやら、人並みはずれて小さいという自覚はあるらしい。

「間もなく坂本《さかもと》少佐がお戻《もど》りになります。そうしたら、真っ先に、あなたがたの弛《たる》みきった行動について進言させていただきますわ！」

「告げ口する気？　感じ悪〜」

と、胸を揺らすシャーリー。

シャーリーとペリーヌは、前々から反りが合わない。

シャーリーの能天気さがペリーヌの神経を逆撫《さかな》でし、ペリーヌの上品ぶった物言いがシャーリーにはとてつもなく嫌味に聞こえるようだ。

「ぺたんこのくせに〜」

ルッキーニもシャーリーの尻馬《しりうま》に乗る。

「お黙《だま》りなさい！　って、あなたにだけは言われたくありませんわ！」

と、ペリーヌがルッキーニをにらみつけたその時。

基地全体に響《ひび》き渡《わた》るように、サイレンが鳴った。

「⁉」

「敵⁉」

「まさか⁉　早過ぎる！」

厳しい表情を浮《う》かべたペリーヌは、ハンガーに向かって走り出す。

ルッキーニとシャーリーも、先ほどまでとは一変した真剣《しんけん》な顔つきで軍服を鷲《わし》づかみにすると、袖《そで》に手を通しながらペリーヌの後を追った。

＊　＊　＊

（どうして……こんなことになっちゃったんだろ？）

診察《しんさつ》台の上で震《ふる》えながら、宮藤芳佳《みやふじよしか》は、ぼんやりと考えていた。

(私、お父さんに会いたかっただけなのに)

激しい振動《しんどう》と轟音《ごうおん》。

芳佳が避難《ひなん》しているのは、扶桑《ふそう》皇国遣欧艦隊《けんおうかんたい》の航空母艦、〝赤城《あかぎ》〟内の医務室である。

ブリタニアに到着《とうちゃく》寸前の艦隊は、巨大《きょだい》ネウロイの急襲《きゅうしゅう》を受け、現在交戦中。

白い雲の上から突然《とつぜん》現われた、エイのようなシルエットを持つネウロイは、強力なビームを放ち、次々と護衛の駆逐《くちく》艦を撃沈《げきちん》していっていた。

ドウッ!

またしても激しい揺《ゆ》れ。

(お父さん、助けて!)

芳佳はギュッと目を閉じた。

と、その時。

「宮藤、居るか?」

扉《とびら》の方から声。

「坂本さん!」

芳佳はすがるような目で、医務室に入ってきた人影《ひとかげ》を見上げた。

「なんだその顔は。情けないぞ、それでも扶桑の撫子《なでしこ》か?」

安心させるように声をかけたのは、右目に眼帯をつけた少女。

一見して、扶桑皇国海軍士官と分かる制服を身につけている。

彼女こそ、坂本美緒《みお》少佐。

芳佳がこの赤城に乗艦して、ブリタニアの地へと向かう段取りを整えてくれたウィッチである。

そもそも……。

横須賀《よこすか》軍港の近くに住む宮藤芳佳は、性格は明るいが、どこかそそっかしい、ごく普通《ふつう》の女学生だった。

学業成績、運動成績、ともに中の中。

特技は料理、概《おおむ》ね和食。

家は代々、地元の小さな診療所《しんりょうしょ》で、卒業後は家業を継《つ》ぐつもりだったのだ。

だが、今から一月ほど前、一九四三年七月のある日。

坂本の登場とともに、芳佳の日常は一変した。

歴史の大きなうねりが否応《いやおう》なく、芳佳を呑《の》み込んだのだ。

「お前の才能はずば抜《ぬ》けている。使い方さえ学べば、立派なウィッチになれるはずだ」

突然、芳佳の目の前に現われた坂本は、芳佳を軍へと誘《さそ》った。

「私は、連合軍第501統合戦闘《せんとう》航空団、通称《つうしょう》ストライクウィッチーズ所属、坂本美緒少佐だ」

「すとらいく……？」

「私たちは、強大な魔力を秘《ひ》めた、将来有望なウィッチを探しているんだ。お前の力は見せてもらった。粗削《あらけず》りだが、いいものを持ってる！」

「あ、ありがとうございます」

偶然《ぐうぜん》かどうかは定《さだ》かではなかったが、事故にあった親友を芳佳が治癒《ちゆ》魔法で救おうとした場面に、坂本は居合わせたのだ。

「というわけで、その力を生かして、一緒《いっしょ》にネウロイと戦おう！」

「……へ？」

一瞬《いっしゅん》、呆気《あっけ》にとられる芳佳。

しかし。

「お断りします！」

芳佳はキッパリと首を横に振《ふ》った。

自分の夢は診療所を継ぐこと。

戦争に行くなんて嫌《いや》だ。

だが、坂本は笑ってこう予言した。

「お前は必ず、私の元に来ることになる」

そして、その翌日……。

一通の手紙が、芳佳を驚愕《きょうがく》させた。

突然、四年前に死んだはずの、父からの手紙が届いたのだ。

投函《とうかん》された場所は、はるか海の向こう、ブリタニア。

そして、息災であることを伝える手紙に同封《どうふう》されていたのは、父とともに坂本美緒が写った写真だった。

「でも……震えが止まらないんです……」

芳佳は坂本に訴《うった》えた。

「さあ、顔を上げてこっちを向け」

坂本は芳佳の前にしゃがみ込むと、顔を近づけながら芳佳の頬《ほお》のあたりにそっと触《ふ》れた。

「……？」

ヒヤリとする感覚。

芳佳は、坂本が自分の耳に、何かを装着したことに気がついた。

「インカムだ。それさえあれば離《はな》れていても私と通話できる。ただし、使うのは本当に困った時だけだぞ。いいな？」

「はい……」

「私は間もなく出撃《しゅつげき》する。お前とここにいるわけにはいかないんでな」

坂本の目が、チラリと窓の方にゆく。

「た、戦うんですか、あれと？」

「そりゃそうだ。それが私たちの使命だからな」

坂本はおどけた調子で笑《え》みを浮《う》かべた。

だが、ネウロイとの戦いが死と隣《とな》り合わせであることは、芳佳でさえも知っている。

「私……私……」

芳佳は、かけるべき言葉が見つからない。

「お前はここにいろ」

一瞬、真顔に戻《もど》る坂本。

「決してここを出るんじゃないぞ」

「でも」

「安心しろ」

坂本は芳佳を安心させるように、再び表情を和《やわ》らげた。

＊　＊　＊

「ネウロイは、コアを潰《つぶ》さなければ倒《たお》せん」

戦闘脚《きゃく》22型甲《こう》でネウロイ迎撃《げいげき》に飛び立った坂本は、率いる戦闘機隊に無線で指示を発していた。

「戦闘機隊は、敵ネウロイのコアを探しつつ、敵の攻撃《こうげき》を攪乱《かくらん》せよ！　私は上へ回り込む！」

「了解《りょうかい》！」

左右に展開する戦闘機隊。

坂本はそのままビームをかわしながら上昇《じょうしょう》し、ネウロイの真上に出る。

「上ががら空きだ！」

高空からネウロイを見下ろし、ふっと口元に笑みを浮かべる坂本。

艦隊に向けてビームを乱射する巨大《きょだい》ネウロイの上方には、砲台《ほうだい》らしきものがまったく見当たらない。

（地上攻撃に特化した、ということか）

かすかに感じる違和感《いわかん》。

坂本はそれを振《ふ》り払《はら》って笑みを浮かべると、右目の眼帯を押し上げようと指をかけた。

普段《ふだん》、眼帯の下に隠《かく》してはいるが、坂本の右目は、コアを見抜《みぬ》く特殊《とくしゅ》な視力を持つ魔眼《まがん》なのだ。

だが。

一瞬《いっしゅん》後、ネウロイ上面の体組織が輝《かがや》きを帯びると……。

「！」

一斉《いっせい》に坂本に向けてビームが放たれた。

魔力のシールドが発光しながらビームを曲げて、坂本の身体《からだ》を守る。

「まるでハリネズミだな……」

坂本はいったんネウロイから距離《きょり》を取り、舌打ちした。

その坂本の両翼《りょうよく》を、扶桑皇国戦闘《せんとう》機隊が通過する。

ネウロイのビームは驟雨《しゅうう》のように、容赦《ようしゃ》なく戦闘機隊に襲《おそ》いかかった。

ウィッチの飛行脚《ストライカー》と比べ、図体《ずうたい》も大きく、旋回《せんかい》性能でも劣《おと》る通常戦闘機は、ビームを浴びた部分が消失し、次々に撃《う》ち落とされてゆく。

辛《かろ》うじて、墜落《ついらく》する機体からの脱出《だっしゅつ》に成功するパイロットたち。

「馬鹿《ばか》者！　迂闊《うかつ》に近づくな！」

怒鳴《どな》る坂本。

「通常兵器では危険だ！　コアの破壊《はかい》は私に任せて、戦闘機隊は後方支援《しえん》を！」

＊　＊　＊

同じ頃《ころ》、空母の艦橋《かんきょう》では、通信兵がブリタニアからの通信を受けていた。

「ブリタニアより入電！　第５０１統合戦闘航空団が本艦隊に向けて発進！　到着《とうちゃく》まで約二十分！」

緊張《きんちょう》の声で艦長に報告する通信兵。

「坂本少佐に伝令！」

艦長は即座《そくざ》に副官に命じた。

＊　＊　＊

「二十分か……」

空母の甲板《かんぱん》から上げられる発光信号を見た坂本はつぶやいた。

（この猛攻《もうこう》の中で、あと二十分）

坂本を守るシールドにビームが当たり、点滅《てんめつ》する。

シールドの限界が近いのだ。

「みんなが来るまで、なんとしても保《も》たせる！」

ウィッチの仲間に絶大な信頼《しんらい》を置く坂本は、そう己《おのれ》を鼓舞《こぶ》すると、99式2号2型改13㎜機関《きかん》銃《じゅう》を構え直した。

＊　＊　＊

「坂本さん……戦ってるんだ」

医務室の丸窓から、外の戦況《せんきょう》を眺《なが》めていた芳佳はつぶやいた。

巨大なエイを思わせるネウロイから発せられるビームに対し、駆逐艦《くちくかん》は対空砲火《ほうか》で応戦するが、こちらが与《あた》える損害はすぐに修復されてしまう。

「私は……」

（なにもできずに、ここで……）

と、窓から顔をそらしてうつむく芳佳。

その時。

砲音が響《ひび》き渡《わた》る中、芳佳の耳は、カチャカチャという小さな音を捉《とら》えた。

艦の振動《しんどう》で、薬瓶《くすりびん》同士がぶつかり合う音だ。

何気なく、音がした机の方に目をやると、そこには、家の診療所《しんりょうしょ》で見慣れた包帯やガーゼ、薬品箱などが並んでいる。

（……あった。私にできること）

芳佳の瞳《ひとみ》に、決意の光が宿った。

＊　　＊　　＊

「くっ！」

坂本は、ネウロイの猛攻を何とかシールドでしのいでいた。

それでも、ジリジリと圧《お》されている。

坂本がダメージを与える速度よりも、ネウロイの自己修復の速度の方が圧倒《あっとう》的に速いのだ。

（ここまで来て！　あとわずかでブリタニアの地を宮藤に見せてやれるというのに！）

歯を食い縛《しば》る坂本。

と、その時。

「坂本さん！　大丈夫《だいじょうぶ》ですか、坂本さん！」

インカムに飛び込んできたのは、聞き覚えのある声。

「宮藤⁉」

坂本は赤城の甲板を見下ろし、声の主を探す。

「……くッ！」

魔眼《まがん》が捉えたのは、紛《まぎ》れもない芳佳の姿。

引き摺《ず》るようにして持ってきた布製の救護袋《ぶくろ》には、薬瓶や包帯があふれんばかりに詰《つ》め込まれている。

「部屋から出るなと言ったはずだ！　戻《もど》れ！」

芳佳は、インカム越《ご》しの大声にビクッと身をすくめたが、それでも安堵《あんど》したように呟《つぶや》く。

「坂本さん……無事だったんですね、よかった〜」

「宮藤‼」

半ば呆《あき》れ、半ば驚《おどろ》いて怒鳴る坂本。

「戻れと言ったのが聞こえないのか！　そこはお前の居場所じゃない、邪魔《じゃま》になるだけだ！」

坂本は、トリガーを引く手を止めずに言い放った。

「私は、私にできることがしたいんです！」

負けずに言い返す芳佳の目の前で、ネウロイのビームが海上に落ちて水柱を立てる。

「今はお前にできることなどない！　早く部屋に戻れ！」

坂本はそれだけ告げると、通信を切る。

「坂本さん？　坂本さん⁉」

芳佳はもう一度呼びかけたが、坂本の声は返ってこなかった。

＊　＊　＊

「無茶な奴《やつ》だが、あの勇気は大したもんだ」

旋回《せんかい》しながらネウロイのビームをかわす坂本の顔には、苦笑《くしよう》にも見える笑《え》みが浮《う》かんでいた。

自分でもよく知っているが、実は坂本自身も、根っこのところでは芳佳と同じ気質を持っている。

無茶する馬鹿《ばか》は、嫌《きら》いではない。

「私も負けてはいられないな」

ドウッ！

またもや水柱が高く上がった。

対空砲火《ほうか》で応戦していた駆逐艦《くちくかん》が、また直撃《ちょくげき》を食《く》らったのだ。

坂本は立て続けに12・7㎜×99弾《だん》を撃《う》ち込むが、不意にトリガーが反応しなくなる。

カチッ、カチッ！

見ると、銃身《じゅうしん》が赤熱化している。

どうやら連続発砲で、イカレてしまったようだ。

「……お前の敵は」

坂本は機関銃を捨てると、白刃《はくじん》を抜《ぬ》き払《はら》いつつ、ネウロイに迫《せま》った。

「こっちだ!!」

＊　＊　＊

一瞬《いっしゅん》。

蒼穹《そうきゅう》が眩《まばゆ》く輝《かがや》き、ネウロイの翼《つばさ》に大きな切れ目が奔《はし》った。

坂本の一撃が決まり、見事に斬《き》り裂《さ》いたのだ。

翼端《よくたん》が千切れ飛び、白煙《はくえん》のようなものを発する。

圧倒《あっとう》される、赤城の艦長や戦闘機《せんとうき》乗りたち。

「坂本さん、すごい……あれがウィッチーズの戦い……」

見上げる芳佳も呟くが、巨大《きょだい》ネウロイはすぐに再生し、元の姿を取り戻してゆく。

(今だ！)

坂本は反転しながら、魔眼を開いた。

ネウロイ上部中央付近。

小さく赤く光るのは……コアだ！

「……見つけた！」

坂本が叫《さけ》ぶと同時に、巨大ネウロイは坂本に向けてビームを連射した。

シールドを展開するが、それでも坂本は圧《お》されてゆく。

「坂本さん！」

坂本の危機に、芳佳が思わず叫んだその時。

ドーン！

芳佳の背後、それもかなり近いところで爆音《ばくおん》が響《ひび》き渡《わた》った。

「!?」

思わず身をすくめた芳佳が振《ふ》り返ると、甲板《かんぱん》の機銃座のひとつが煙《けむり》を上げ、消火器を抱《かか》えた乗員たちが走り回っている。

「八番機銃誘爆《ゆうばく》！　消火班急げ！」

「怪我《けが》人だ！　衛生兵！」

立ち尽《つ》くしていた芳佳はこの声にハッとなり、横たえられた兵士二人の傍《かたわ》らに駆《か》け寄った。

「しっかりしてください！」

苦悶《くもん》の表情で身を捩《よじ》る負傷兵の胸元《むなもと》は、真っ赤に染まっている。

「私が助けますから！」

芳佳は屈《かが》み込み、負傷兵に震《ふる》える手をかざした。

使い魔である豆柴《まめしば》の耳と尻尾《しっぽ》が頭とお尻《しり》に現われると同時に、かすかな光が手から発せられて、傷を包む。

これが芳佳のウィッチとしての能力。

祖母と母から受け継《つ》いだ、癒《いや》しの力だ。

（お願い、助かって！）

だが、その光はすぐに点滅《てんめつ》を始め、疲労感《ひろうかん》が芳佳を襲《おそ》う。

負傷兵の深手に対し、芳佳の魔力が小さ過ぎるというより、効率的な力の使い方を習得していないのだ。

「っ！　今度こそ……今度こそ……！」

芳佳は、坂本と出会った日に起きた出来事を思い起こしていた。

親友を巻き込んだ事故。

その事故で大怪我を負った親友を、芳佳は自分の癒しの力だけでは救うことができなかった。

通りかかった坂本の手を借りて、親友は辛《かろ》うじて命を取り留めたのだ。

あの時の、情けなさと悔《くや》しさ、そして無力感。

(みっちゃんの時みたいには……絶対にしない！　今度こそ助けるんだ！　私の力で、今度こそ！)

しかし。

「何している！　止《や》めろ！」

衛生兵が負傷兵と芳佳の間に入ってきて、芳佳を引き剝《は》がした。

「私、治癒《ちゆ》魔法が使えるんです！」

衛生兵に向かい、芳佳は訴《うった》える。

「あんた、ウィッチか⁉　だがこれだったら、俺が治療した方がマシだ！　余計なことはするな！」

芳佳の手から光が、そして頭から犬耳が消えた。

「でも！　私にも何か手伝わせてください！」

必死の表情の芳佳。

「ここは、お前みたいな子供の居る場所じゃないんだ！　部屋で大人しくしていろ！」

キツい言い方だが、一人でも多くの兵を救おうとする真摯《しんし》な気持ちが吐《は》かせた言葉である。

「嫌《いや》です！　そんなの嫌なんです！」

芳佳は、駄々《だだ》っ子《こ》のように激しく頭《かぶり》を振る。

「……だったら」

芳佳の剣幕《けんまく》に折れた衛生兵は、視線をそらす。

人手が足りないのも、また事実なのだ。

「包帯が足りないんだ。もっと取ってきてくれ」

「は、はい！」

＊　＊　＊

巨大《きょだい》ネウロイは、坂本がコアに近づこうとする度《たび》にビームで圧《お》し返し、容易に肉薄《にくはく》させてはくれなかった。

「ええい、うっとうしい！」

次第《しだい》に焦《あせ》り始める坂本。

息をするのも辛《つら》いほど、消耗《しょうもう》も激しい。

その時。

坂本の両翼《りょうよく》をすり抜《ぬ》けるように、二機の戦闘機《せんとうき》がネウロイめがけて突《つ》っ込んでいった。

後方から援護《えんご》を、という命令を無視する形である。

「お前ら！」

驚《おどろ》きを隠《かく》せない坂本。

その坂本に無線が入る。

「我々が時間を稼《かせ》ぎます！」

「その間に、坂本少佐《しょうさ》はコアを！」

今のままでは、旗艦《きかん》である空母さえ守り抜くことは不可能。

ならば、唯一《ゆいいつ》の希望である坂本にすべてを託《たく》し、己《おのれ》たちはその楯《たて》となろう。

戦闘機乗りたちの決意だ。
「了解《りょうかい》！……頼《たの》んだぞ」
目標を、坂本から戦闘機に変える巨大ネウロイのビーム。
（すまん）
胸の内で敬礼し、坂本は眼帯を外した。
魔眼《まがん》が妖《あや》しい光を帯びる。
ネウロイ胴体《どうたい》上部……中央！
「そこだ！」
魔眼が輝《かがや》き、コアを捉《とら》える。
だがその瞬間《しゅんかん》、またも五月雨《さみだれ》を思わすビームが坂本に降りそそぐ。
ビームが命中する度、限界の近いシールドが点滅《てんめつ》する。
二機の戦闘機も直撃《ちょくげき》を食らい、機体の一部を消失させて、次々と落ちてゆく。
「っ！　まだまだ！」
防御力《ぼうぎょ》の低下したシールドごと、ビームに弾《はじ》き飛ばされそうになる坂本。
（ここで私が落ちれば……何のためにあいつらは！）
坂本は何とか体勢を立て直した。

＊　＊　＊

同時刻。

空母〝赤城〟艦橋。

「戦闘機隊、坂本少佐を残して全滅！」

通信兵は艦長にそう報告した。

「援軍《えんぐん》は⁉　ブリタニアのウィッチーズはまだか⁉」

艦長は拳《こぶし》をパネルに叩《たた》きつける。

ドウッ！

空母の巨体が、また大きく揺《ゆ》れた。

「至近弾《しきんだん》！　右機関室浸水《しんすい》！　このままでは航行不能になります！」

と、別の通信兵。

「援軍の到着《とうちゃく》まで、何としてでも保《も》たせるんだ！」

それはもはや命令ではなく、祈《いの》りの叫《さけ》びだった。

＊　＊　＊

一方。

放《ほう》り出された救護袋から包帯が零《こぼ》れ落ち、そのまま転がって、艦内通路に何本もの白いラインを描《えが》いていた。

ギシギシと軋《きし》む艦体。

あまりの揺れの激しさに、芳佳は立ち上がることができず、その場にペタリと座り込んだままだ。

「人が落ちたぞ！」

「手隙《てすき》乗員は直ちに救助！　五分隊、左舷機銃《さげんきじゅう》へ！」

「機関室、浸水！」

「どうなるんだよ、この船⁉」

「弾《たま》！　弾持ってこい！」

「もう残ってません！」

「何かないのかよ！　どうすりゃいいんだ⁉」

伝声管を通じ、艦内各所からの錯綜《さくそう》した絶叫《ぜっきょう》が響《ひび》き渡《わた》った。

その声に混じり、芳佳の耳に、先ほどの衛生兵と、坂本の声が聞こえてくる。

「ここは、お前みたいな子供の居る場所じゃないんだ!」

「そこはお前の居場所じゃない、邪魔《じゃま》になるだけだ!」

(そうなの……かな?)

うつむいたまま、壁《かべ》に手をついてゆっくりと立ち上がる。

「私にできることなんて、何もない……のかな?」

芳佳が力なくつぶやいた、その時。

＊　＊　＊

ネウロイのビームがついに、赤城を直撃した。

巨大《きょだい》なロンギヌスの槍《やり》のようなビームは、甲板《かんぱん》と、その下の格納庫を貫《つらぬ》く。

分厚い鉄板が消失した円形の穴。

その奥で誘爆《ゆうばく》が発生し、凄《すさ》まじい衝撃《しょうげき》が艦橋《かんきょう》を、芳佳のいる通路を、赤城全体を襲《おそ》う。

「しまった！」

黒煙《こくえん》を上げる赤城を見下ろした坂本は、インカムで芳佳に呼びかけた。

「宮藤！　宮藤！　応《こた》えろ、宮藤!!」

＊　＊　＊

格納庫《そこ》は、不思議な静寂《せいじゃく》に包まれた空間だった。

天井《てんじょう》に開いた穴から光が差し込み、まるで東雲《しののめ》の森のよう。

爆風で開いた扉《とびら》のそばに、芳佳は倒《たお》れていた。

「宮藤！　宮藤！」

インカムからの坂本の声だけが、虚《むな》しく響き渡っている。

「宮藤！　宮藤……宮藤……宮藤……宮……」

（……あれ……この声）

半ば朦朧《もうろう》とした意識の中で、坂本の声は遠い昔の記憶《きおく》の声に変わってゆく。

「……か……しか……芳佳……芳佳……芳佳……」

（お父さんの……声だ）

「芳佳……芳佳……」

「お父さん……ごめんなさい……私、何もできない」

今、自分に見えているのは、父との、最後の別れの時の光景だろうか？

はっきりとはしないが……。

「芳佳……お前には、母さんやおばあちゃんに負けない大きな力がある。その力で、みんなを守るような立派な人になってくれ」

父の声は、芳佳に告げていた。

「お父さん」

霞《かす》んでゆく父のシルエットが、別の映像に変わってゆく。

誰《だれ》かと一緒《いっしょ》に、何かの前で佇《たたず》む父の姿。

(これって……)

そう。

一か月前、ブリタニアから送られてきた、父の写真と同じ光景だ。

四年前に撮《と》ったものだろう。

一緒に写っている坂本も、今より幾分《いくぶん》幼い。

そして、背景には、父が開発したと聞かされたストライカー・ユニットが。

「！」

芳佳の瞳《ひとみ》が大きく開かれた。

顔を上げた芳佳の視線の先、格納庫の隅《すみ》に置かれているのは……。

間違《まちが》いない。

あの、モノクロームの写真に写っているのと同型のストライカー・ユニットである。

「…………」

芳佳は身体《からだ》を起こし、ストライカー・ユニットと対峙《たいじ》した。

今まで耳に入らなかった対空砲火《ほうか》の音が、かすかに聞こえてくる。

戦いはまだ続いているのだ。

芳佳は自分の右手のひらに視線を落とした。

そこに宿る、ほのかな光。

「私に、できること……」

芳佳は拳《こぶし》をギュッと握《にぎ》り締《し》めた。

＊　　＊　　＊

扶桑皇国遣欧艦隊《けんおうかんたい》の被害《ひがい》は、限界に達しつつあった。

「もはや、これまでか」

重苦しい空気の中、赤城の艦長は帽子《ぼうし》を目深《まぶか》に被《かぶ》り直し、決断を下す。

「……総員に、退艦命令を……」

だが……。

突然《とつぜん》、甲板《かんぱん》に視線を向けていた副長が叫《さけ》んだ。

「だ、誰だ、あれは⁉」

「どうした⁉」

副長を振《ふ》り返る艦長。

「発艦エレベーターに、誰かいます！」

「何⁉」

艦長も甲板に目をやる。

中央の発艦エレベーターが起動して、何かがせり上がってくる。

白煙に包まれたエレベーター上に立つのは、ひとりの少女。

「私にできること……」

使い魔と一体化した証《あかし》である、犬耳と尻尾《しっぽ》。

「約束を守るため……」

足には、零式艦上戦闘脚《ゼロストライカー》22型甲《こう》。

「みんなを守るために！」

それは、決意の表情で空を見上げる、宮藤芳佳の姿だった。

「何者だ⁉　なぜストライカー・ユニットを装備できる⁉」

驚《おどろ》いた艦長は、副長に尋《たず》ねる。

「坂本少佐《しょうさ》が連れてきた少女です。名前は……」

「宮藤芳佳です！」

顔を上げる宮藤。

「宮藤⁉」

艦長は息を呑《の》んだ。

「あの宮藤博士の⁉」

＊　＊　＊

キュウウ！

飛行脚《ストライカー》にプロペラが出現し、回転を始めた。

ブロロロロッ！

足元に現われる、光の魔方陣《まほうじん》。

「まさか！」

呆気《あっけ》に取られる艦橋の副長。

「宮藤？」

上空の坂本も、ストライカー・ユニットの起動に気がついたのか、赤城の甲板を振り返る。

「行きます！」

芳佳は甲板員の合図にうなずき、急加速して滑走路《かっそうろ》を滑《すべ》りだした。

だが、ハンガーを切り離《はな》し、飛行態勢に入ろうとしたその時。

ズギュン！

またもビーム攻撃《こうげき》が命中した。

艦橋の屋根が吹《ふ》き飛び、さらに前部エレベーターも被弾《ひだん》。

弾薬の誘爆《ゆうばく》で、空母全体が揺《ゆ》らぐ。

「きゃっ！」

爆風で芳佳の体勢が崩《くず》れる。

辛《から》うじて持ち直すが、離陸《りりく》に十分な速度が出ない。

滑走路の端《はし》まであとわずか。

「引き起こせ！　あとがないぞ！」

奇跡《きせき》的に無事だった艦長が怒鳴《どな》る。

（いくしかない！）

覚悟《かくご》を決めた芳佳は、甲板から空中へ飛び出した。

だが、ストライカー・ユニットはそのまま、放物線を描《えが》き、海面に向かって落下してゆく。

「飛んでーっ！」

必死に立て直す芳佳。

「飛べぇーっ！　宮藤っ！」

坂本も叫ぶ。

海面まで5m……4m……3m……2m……1m！

バシャッ！

海水に触《ふ》れたプロペラが、水飛沫《みずしぶき》を巻き上げた。

そして、着水寸前。

落下速度が加わったことでようやく離陸できるスピードに達した芳佳の飛行脚《ストライカー》は、上昇《じょうしょう》を始めた。

「飛べた！　飛べたーっ！」

芳佳は歓喜《かんき》の声をあげる。

「なんてヤツだ……初めてストライカーをつけたというのに……」

嘆息《たんそく》する坂本。

「坂本さああああああん！」

芳佳は坂本のところまで飛んでくると……。

「宮藤！」

そのまま、速度を落とせずに通過していった。

「私、手伝います！」

かなり離れてしまってから、声をかける芳佳。

だが。

ネウロイが標的を坂本から芳佳に変えて、ビームを集中させた。

「宮藤！」

警告を発する坂本。

「きゃああああ！」

直撃！

と、思われた瞬間《しゅんかん》。

馬鹿《ばか》でかい、としか形容しようがない巨大《きょだい》なシールドが、芳佳の周囲に展開した。

シールドがビームを弾《はじ》き、全くダメージはない。

「何て大きなシールドだ……あれがあいつの潜在《せんざい》能力なのか？」

自分の数倍の大きさがある芳佳のシールドを見た坂本の口元に、笑《え》みが浮《う》かぶ。

「面白《おもしろ》い！」

心躍《おど》らせた坂本は、芳佳の後を追った。


「宮藤！」

「坂本さん！　鉄砲《てっぽう》を！」

自分の横についた坂本に、芳佳は自分の持つ13㎜機関銃《きかんじゅう》を渡《わた》そうとする。

「それはお前が使え」

「え……？」

驚《おどろ》く芳佳。

「守りたいんだろう？」

「……はいっ！」

坂本の問いに、芳佳はハッキリとうなずく。

「よし！」

坂本はガッと芳佳の肩《かた》を抱《だ》き寄せた。

「よく聞けよ」

雲の切れ間をゆく巨大ネウロイの上部を、白刃《はくじん》の切っ先で指し示す坂本。

「あのあたりに、奴《やつ》のコアがある。私が攻撃《こうげき》を引きつけている隙《すき》に、お前がコアを撃《う》ち抜《ぬ》くんだ。できるか？」

「はい！　やってみます！」

「よし！　二つ数えたら、私について来い！」

坂本は芳佳から離《はな》れて先行すると、ネウロイに斬《き》りかかる。

「おりゃあああああああ！」

砕《くだ》ける白刃。

ネウロイの放ったビームが坂本に収束する。

一方。

坂本が囮《おとり》になっている隙を突き、ネウロイ上部に出た芳佳は、急降下をかけてコアに狙《ねら》いを定めた。

初めて握《にぎ》る銃の操作に、不思議と戸惑《とまど》いはない。

(このまま……引き金を引けば！)

だが。

ピカッ！

最初に坂本が仕掛《しか》けた時と同様、ネウロイの上部組織が一斉《いっせい》に光を帯び、芳佳に向かってビームを放射する。

いったん下がらざるを得ない芳佳。

「大丈夫《だいじょうぶ》か！」

戻《もど》ってきた坂本が声をかける。

「は、はい。すみません……」

と、謝ったところをビームが襲《おそ》う。

坂本はかわすが、直撃にシールドごと押し返される芳佳。

「だ、大丈夫です！」

坂本の視線に気がついた芳佳はそう答えたが、息はかなり上がっている。

「初めての飛行に、初めての実戦、体力が限界か……」

坂本はつぶやく。

だが。

「もう一度、お願いします！」

芳佳の目に宿る、強い決意。

「……分かった。気を引き締《し》めろよ、最後のチャンスだ！」

「はいっ！」

芳佳は再び上昇《じょうしょう》し、坂本はビームを引きつけるために降下していった。

「さっきと同じことをしても、またやられちゃう……どうすれば……」

ネウロイの真上に出た芳佳は、考えを巡《めぐ》らせていた。

自分も坂本も、たぶんもう限界。

あとはない。

坂本に視線を落とすと、ネウロイの体表ギリギリのところで攻撃を仕掛けている。

「……そうか！」

芳佳は急降下し、ネウロイに激突《げきとつ》する寸前で進行方向を90度変えた。

(坂本さんみたいに！)

巨大《きょだい》ネウロイの体表に触《ふ》れるか触れないかのところを、低空飛行する形になる芳佳。

「スレスレまで近づけば、きっと当てられない！」

ネウロイのビームは芳佳を狙おうとするが、距離《きょり》が近過ぎ、ビームはすべて、芳佳の斜《なな》め上を掠《かす》める。

(やっぱり！)

前方に、体表組織に覆《おお》われたコア。

風を切って飛ぶ芳佳は、機関銃を構えた。

(いけるっ！)

自信を持って、その指がトリガーにかけられる。

しかし。

(……あ、あれ？)

照準が合わせ辛《づら》い。

初めての飛行で疲労《ひろう》が激しく、視界がぼやける。

二重にも、三重にも見える目標。

「しっかりしろ、宮藤芳佳！　私がやるんだ！」

芳佳は頭を振《ふ》った。
「……みんなを、守るんだ！」
何とか照準を合わせて、慎重《しんちょう》にトリガーを絞《しぼ》る。
ダダダッ！
命中。
体表組織がはがれ、コアが露出《ろしゅつ》した。
「あれが、コア！」
身体《からだ》を反転させ、もう一度狙いをつける芳佳。
（次！　次で、ネウロイを倒《たお》せる！）
だが、目が霞《かす》み、照準がなかなか合わせられない。
トリガーにかかる指から、感覚がなくなる。
身体がふらつき、だんだんコアから遠ざかってゆく。
（あと一発！　あと一発でみんなを……みんなを助けられるのに！）
「っ……ダメ……もう……」
と、照星から視線を外した、その時。
パーン！

　一発の銃弾《じゅうだん》がコアに命中した。

　さらに続けて、九発の銃声が芳佳の耳にとどく。

「やった……の、かな……」

　頭がぼんやりとして、自分が撃ったのかどうか分からない。

　芳佳の意識は、ふっと暗転する。

　プロペラが停止し、落ちてゆく芳佳。

　その身体を、回り込んだ坂本がそっと抱《だ》きとめる。

「大した奴《やつ》だ。何の訓練もなしに……」

　腕《うで》の中の芳佳を見て、坂本は微笑《ほほえ》んだ。

「あそこまでやるとはな」

＊　＊　＊

「コア、破壊《はかい》かっくに〜ん！」

　と、ご機嫌《きげん》な調子で報告したのは、艦隊救援《かんたいきゅうえん》に急行した、ストライクウィッチーズ、ロマーニャ公国出身のフランチェスカ・ルッキーニ少尉《しょうい》だった。

飛行脚《ストライカー》G55チェンタウロを駆《か》るルッキーニ。

その手の中のM1919A6からは、白い煙《けむり》が上がっている。

「こちらも確認《かくにん》した。ネウロイ撃墜《げきつい》」

冷静な声で応《こた》えたのは、カールスラント出身のゲルトルート・バルクホルン大尉。

使用飛行脚《ストライカー》はFw190D‐6プロトタイプ。

瞳《ひとみ》に憂《うれ》いを湛《たた》えた黒髪《くろかみ》のバルクホルンは、二百五十機撃墜を誇《ほこ》る、ウィッチーズのエースの一人である。

「十発十中だよ！　すごいでしょー!?」

「作戦を終了《しゅうりょう》する」

バルクホルンは、ルッキーニの自画自賛を軽く流す。

「坂本様〜っ！　ご無事ですか!?」

坂本の姿を求め、落ちてゆく巨大ネウロイに向かって加速するのは、ペリーヌ。

「ペリーヌの奴、どさくさに紛《まぎ》れて少佐《しょうさ》に抱きつく気だよ。……ん？」

笑っていたルッキーニは、ネウロイの上方に坂本の姿を発見した。

（あれって……）

ルッキーニの瞳に映る坂本の腕の中には、抱きかかえられた芳佳の姿が。

（……東から来た、新しい魔女ってこと？……ふうん、ちょっとは面白《おもしろ》くなりそうじゃない？）

「あら？」

ペリーヌも芳佳に気がつく。

「な！　ななな、何ですのアレは⁉」

自分以外の少女が坂本の腕に抱かれているのを見たペリーヌは、顔を真っ赤にして憤慨《ふんがい》する。

ペリーヌにとって坂本は、恋愛《れんあい》感情に近い崇拝《すうはい》の対象なのだ。

「誰なんですかーっ⁉」

「ん……あれ……？」

ゆっくりと崩壊《ほうかい》してゆく巨大《きょだい》ネウロイを背景に、芳佳は目を覚ました。

「気がついたか？」

「坂本さん」

坂本は微笑む。

「よくやってくれたよ。お前がいなかったら、私もどうなっていたか」

「でも……私、また最後に失敗しちゃったし」

コアを撃ち抜いたのが自分ではなかったことを、芳佳はぼんやりと思い出す。

誰が、あのコアを……？

「何言ってるんだ。初めてであそこまでやれたら上出来だ。ほら、見てみろ」

坂本は、洋上の空母や救命ボートを指さした。

激戦を生き延びた空母の甲板《かんぱん》には、芳佳たちに向かって手を振る乗員たち。

「……お父さん……私……私……」

嬉《うれ》しいのに、何故《なぜ》だか涙《なみだ》が溢《あふ》れてきて止まらなかった。

＊　＊　＊

傷ついた空母が曳航《えいこう》されてブリタニアの軍港に入ると、芳佳たちはその足で、父からの手紙にあった住所の田舎《いなか》町に向かった。

(お父さんに会ったら……最初になんて言おう？　ずっと連絡《れんらく》してくれなかったこと、怒《おこ》った方がいいのかな？　でもでも……)

窓越《ご》しに、風に揺《ゆ》れる麦の穂《ほ》を眺《なが》めながら、芳佳は胸をときめかせる。

(家から持ってきたおばあちゃんの梅干し、食べてもらおうっと！)

やがて、二人が乗った軍手配の車両は、のどかな田園風景を通り抜け、午後遅《おそ》くに田舎町に到着《とうちゃく》した。

だが、しばらくして。

芳佳たちは、石の土台だけを残して消失した、廃墟《はいきょ》の前に立っていた。

「ここが……？」

父の手紙と廃墟を見比べていた芳佳は、呟《つぶや》くように尋《たず》ねていた。

「ああ。五年前まで、宮藤博士はここでストライカーの開発をしていたんだ」

そう語りながら坂本は、手紙を握った芳佳の手がだんだん下がってゆくのを見て、胸に痛みを覚えた。

「あの事故の日も……」

「坂本さん……。坂本さんは、知っていたんですか？」

「……済まん」

「いいえ」

芳佳は振り返った。

その顔には、儚《はかな》げな微笑《びしょう》が浮かんでいる。

「私の方こそ、わがまま言ったのにここまで連れてきてもらえて、感謝しています」

二人の足元では、小さな花が風に揺られていた。

研究所の廃墟から、湖にかかる橋を渡《わた》り、崖《がけ》の上の墓地を目指しながら坂本は語った。

「私も、かつては博士とここで過ごしていたんだ。……その手紙も、やはりその頃《ころ》に出されたものだったんだろう」

「お父さん、いつも間が悪いんですよ。小学校の入学の日に出て行って、亡《な》くなった知らせの届いたのは、私の十歳の誕生日。今頃になって突然《とつぜん》手紙が届いて、もしかしたらって思ったけど……」

やがて二人は、ひとつの墓の前にたどり着いた。

「親子なのに、縁《えん》がないのかな、私たちって。えへへ」

芳佳は墓石の前に座り込み、墓標を撫《な》でる。

と、その時。

「！」

芳佳は、墓標の下の部分に何か文字が刻まれていることに気がついた。

「これ……」

坂本は芳佳の肩越《かたご》しに覗《のぞ》き込み、そこに刻まれた文字を懐《なつ》かしむように読み上げる。

「その力を多くの人を守るために」

懐かしむような色が、その左目によぎる。

「……博士がよく言っていた言葉だ。ストライカー・ユニットも、そんな博士の想《おも》いから生まれたんだ」

「……お父さん」

やがて、想いが溢れ出したかのように、芳佳は泣き出した。


空が茜色《あかねいろ》に染まる頃になって。

「行くか？」

坂本は芳佳に声をかけた。

「はい。あ、あの！」

「ん？」

「あの…………私を、ストライクウィッチーズに入れてください！」

「……何⁉」

「ここに残って、私の力を使いたいんです。もっと、たくさんの人たちを守るために……」

「宮藤……」

「きっと」

芳佳はもう一度、父の墓標に目をやった。

「お父さんも、そう願ってると思うから……」

「そうか。よーし、分かった！」

坂本は破顔した。

「あとは私に任せろ、一人前のウィッチになれるよう、ビシビシ鍛《きた》えてやるからな！」

「は、はい！」

そして、その夜……。

ウィッチーズ基地の兵舎の前に、隊長のミーナ・ディートリンデ・ヴィルケ中佐《ちゅうさ》以下、魔女《まじょ》たちが勢ぞろいしていた。

「え～」

坂本が、一同に芳佳を紹介《しょうかい》する。

「今日付けで、連合軍第501統合戦闘《せんとう》航空団に配属となった、宮藤芳佳だ」

ペリーヌは敵意を顕《あら》わにした顔をしているが、残りのメンバーも、小さく手を振ったり、あくびをしたり、舌を出したり、目線をそらしたり、反応はそれぞれだ。

「宮藤芳佳です！　よろしくお願いします！」

芳佳はにっこりと笑って、戦友となる魔女たちに挨拶《あいさつ》する。

こうして。

扶桑を旅立った新米ウィッチ宮藤芳佳の、ブリタニアでの戦いの日々が始まった。

……のだが。

第二章 CHAPTER 2

STRIKE WITCHES
Shimada Humikane & Projekt Kagonish

コックリさん、コックリさん

その朝。

「旋回《せんかい》に入るのが遅《おそ》～いっ！」

「きゃああああ！」

第501統合戦闘航空団基地の滑走路《かっそうろ》上に漂《ただよ》っていたのは、ぼってりと金魚のような形をした気球であった。

遠目には可愛《かわい》らしい姿だが、気球の全長は20m。

全高は約9mに達する。

いわゆる、阻塞《そさい》気球である。

阻塞気球は夜間爆撃《ばくげき》を防ぐためにワイヤーで結束して配置される、いわば、空のバリケードだ。

今、滑走路上に配置されている阻塞気球は二十基以上。

これを華麗《かれい》にかいくぐって飛ぶのが、本日のウィッチーズの訓練である。

はずなのだが……。

「右旋回！」

「はうっ！」

パンッ！

「左！」

「ひゃん！」

パンッ！

坂本美緒少佐の罵声《ばせい》が飛び交《か》う中、宮藤芳佳軍曹《ぐんそう》は阻塞気球に片《かた》っ端《ぱし》から突《つ》っ込んでは、割り続けていた。

パン、パン、パンッ！

「……ねえ、美緒」

地上でこの様子を見つめていたウィッチーズ隊長ミーナ・ディートリンデ・ヴィルケ中佐は、隣《となり》に立つ坂本に静かに尋《たず》ねていた。

「念のために確認《かくにん》するけど、宮藤さんには、バルーンとバルーンの間を飛ぶように、ちゃんと指示した……わよね？」

「う～ん」

坂本は頭を掻《か》いた。

「指示は理解している……はずなんだが」

芳佳のウィッチとしての潜在戦闘《せんざいせんとう》能力は、坂本やミーナの予想以上のものであることは確かである。

だが、如何《いかん》せん……。

「え、右!? 左？ み、右はお箸《はし》を持つ方で……もう、いやあああああ～っ！」

パンッ！

「……」

「………」

そのコントロールは、ド素人《しろうと》レベルだ。

「あーん！」

芳佳は、お尻《しり》から気球のどてっ腹に突っ込んだ。

パン！

「すごい」

中佐たちから少し離《はな》れ、木の枝に座ってこの様子を見ていたルッキーニは、目を丸くした。

「逆にあれ、難しくない？」

「才能と言ってもいいかもな～」

とは、頭の後ろで手を組むエイラ。

芳佳を見つめるその目は、まるで新しいおもちゃを発見したかのように面白《おもしろ》がっている。

「あわわわっ！」

パンッ！

またひとつ、高価な気球が、ただの破れた布きれと化した。

「……さらに撃墜《げきつい》」

落とした気球の数を、指折り数えるサーニャ。

「ある意味、撃墜王だねえ」

シャーリーは笑いをこらえるのに必死だ。

「恥《はじ》、ね」

と、斬《き》り捨てたのは、ペリーヌ。

「で、でも、芳佳ちゃん、実戦だとすごいじゃないですか？」

宿舎では部屋が隣で仲のいいリーネこと、リネット・ビショップ軍曹が、芳佳を庇《かば》う。

「初めてで空を飛べる人なんて、あまりいませんよ」

「今まではた・ま・た・ま！　運がよくて生き延びているだけですわ。そのうち、手ひどい失敗をするに決まっています！　私、巻き込まれるのは遠慮《えんりょ》いたしますからね！」

ペリーヌはツンと横を向いた。

「中佐、あのバルーンはカーディントンの訓練センターからの借りものなので、あまり派手に壊《こわ》さないでいただきたいのですが……」

無事な阻塞《そさい》気球が、とうとう一基だけになったのを見て、整備班長が訴《うった》えた。

「修理代はこちら持ちになりますし、水素ガスのボンベも、阻塞気球一つあたり、大体3、40ポンドということに……」

「す、水素は危険ですよねえ。ちょっとした火花で引火するかも知れないし、ほ、ほら、覚えています？　前に確か、ヒンデンブルグという飛行船が……」

話をそらそうとするミーナ。

しかし。

　ばっご～ん！

「きゃあああ～っ！」

　爆音《ばくおん》とともに、悲鳴と黒煙《こくえん》が上がった。

「……あ、引火した」

　燃えながら落ちてくる阻塞気球を見て、つぶやくルッキーニ。

「しょ、消火器ぃ～っ！」

「み、水！」

　整備兵たちが、慌《あわ》てて滑走路《かっそうろ》を走り回る。

「おい、宮藤！　無事か⁉」

「……………ひゃ、ひゃい」

　黒い煙の中から、ダッチロール状態で姿を現わす芳佳。

「ご、ごめんなさい！　けほっ！　坂本さん、わ、私……」

　顔は煤《すす》だらけだが、どうやら怪我《けが》はないようだ。

「もういい。お前はもう上がれ」

　ホッとした様子の坂本は、芳佳に降りてくるように合図する。

「……はい」

芳佳は肩《かた》を落として着陸すると、ストライカー・ユニットを外した。

日傘《ひがさ》を差したサーニャがトコトコと駆《か》けてきて、そっと芳佳にタオルを渡《わた》す。

「あ、ありがと」

芳佳がタオルを受け取ると、サーニャはささっと逃《に》げるように戻《もど》っていった。

夜型、低血圧で、他の強烈《きょうれつ》な性格のウィッチたちと比べると、幾分影《いくぶんかげ》の薄《うす》い存在であるサーニャ。

気にはなるようだが、いまひとつ、芳佳とは打ち解けてくれていない感じだ。

「……はあ」

芳佳はタオルで顔の煤を拭《ふ》きながら、ため息をつく。

「うわ。どーんと落ち込んだ空気、背負っちゃってるねえ」

その様子に、苦笑《くしょう》するシャーリー。

「もおおおおおおおお〜っと、落ち込めばいいんですのよ！　坂本少佐《しょうさ》に恥をかかせて！」

と、鼻を鳴らしたのはペリーヌだ。

坂本に尊敬以上の感情を抱《いだ》いているペリーヌにとって、何かと坂本から気にかけてもらえる芳佳は、忌々《いまいま》しいことこの上ない存在。

ペリーヌは芳佳の入隊以来、何かと絡《から》んでくる。

「……時々思うんだけどさ、ペリーヌの家系って、絶対どこかでシンデレラのお姉さんとか白《しら》雪姫《ゆきひめ》の継母《ままはは》とかにつながってそうだよね」

足をプラプラと振《ふ》って、呆《あき》れ顔でペリーヌを見下ろすルッキーニ。

（そんなに目の敵《かたき》にすることないっての。一緒《いっしょ》に戦う仲間なんだしさ。……ま、役に立つか立たないかは別として〜）

そう考えてから、ルッキーニはふと、もう一度、芳佳の方に目をやった。

（でもさ、不思議な子だよねえ。訓練だとダメダメなくせに、戦場に出ちゃうと、そこそこ以上にやるんだから）

ルッキーニは、ここ数回の出撃《しゅつげき》で実際に、芳佳が活躍《かつやく》するところを目にしている。

ペリーヌの言うように、それがたまただとは思えないのだ。

「わ、私のどこがそんなに意地悪そうに見えまして⁉」

ペリーヌは腰《こし》に手を当てて、ルッキーニをにらみつける。

「いや、どこがって言われても……全体？」

思ったことを正直に口にしてしまうのが、ルッキーニのいいところでもあり、欠点でもあった。

「なっ！」

メガネの奥のペリーヌの目が、さらに釣《つ》り上がる。

「問題はさ……」

二人の間に割り込むように、エイラが言った。

「このあとの訓練だろ？」

阻塞《そさい》気球を使っての飛行訓練は、シャーリーやペリーヌたちも、芳佳のあとで行なう予定だったのだ。

「だよねえ」

シャーリーが立ち上がり、ミーナに声をかける。

「訓練、どうしましょうか～？　バルーン、なくなっちゃいましたけど～？」

「……カーディントンに何て言い訳を」

立ち尽《つ》くし、頭を抱《かか》える整備班長。

「そ、そうねえ」

ミーナは顔を引きつらせる。

「くっ！」

坂本は、のん気に見学していたウィッチたちを振り返った。

「ペリーヌ！　ルッキーニ！　リーネ！　二対二の模擬《もぎ》空中格闘《かくとう》戦の準備をしろ！」

「え〜」

ルッキーニは唇《くちびる》を尖《とが》らせる。

(あたしって、遠距離《えんきょり》射撃タイプだから空中格闘戦って好きじゃないんだけど……)

「お前はリーネと組め！」

「え?……ということは、私が坂本少佐と……」

ペリーヌの頬《ほお》が、ポッと赤くなる。

と、そこに。

「みなさん！　ごめんなさい！　訓練、だいなしにしちゃって！」

ユニットを外して駆け戻ってきた芳佳が、一同にペコリと頭を下げる。

「いいんですのよ〜、誰《だれ》にも失敗はありますから」

上機嫌《じょうきげん》のペリーヌ。

「ほへ?」

てっきりギャアギャア怒《おこ》られると思っていたのに、いつもと違《ちが》うペリーヌの反応に唖然《あぜん》とする芳佳。

「さ、訓練、訓練〜」

ペリーヌは踊《おど》るような軽い足取りで、自分のストライカー・ユニットに向かった。

少しして……。

「追いつけないなあ……」

模擬戦闘を見上げながら、芳佳はつぶやいていた。

頭上では、リーネとルッキーニの遠距離射撃組に対し、近接戦闘を得意とする坂本とペリーヌが強襲《きょうしゅう》をかける形で訓練が続いている。

坂本が手加減をしているとはいえ、リーネ、ルッキーニ組はお互《たが》いをフォローしながら、なかなか相手を近づけさせない。

「追いつけないって、坂本少佐《しょうさ》にか？」

隣《となり》で寝《ね》そべるシャーリーが、その顔を芳佳に向けた。

「ま、ま、ま、まさか！」

真っ赤になって顔の前で手を振る芳佳。

「……リーネちゃんに、ですよ」

リーネは、同じ階級ということもあり、ウィッチの中でも最初に仲良くなった友だち。

どこかおっとりしていて、自分に少し似ている、と芳佳は思う。

だからこそ、こうして訓練で差を見せつけられると、かなり落ち込むのだ。

「あはははははっ！」

仰《の》け反って笑うシャーリー。

「やっぱり、おかしいですか？」

「いや、違うって」

シャーリーは芳佳の肩《かた》を叩《たた》いた。

「この間、同じようなことを、リーネが言ってたもんだからさ」

「リーネちゃんが？」

「リーネってさ、訓練じゃ完璧《かんぺき》だけど、実戦だとあんまし活躍《かつやく》できないだろ？　いきなり実戦で戦果を上げた芳佳が、羨《うらや》ましかったみたいでさ」

「あ、あれはまぐれで……」

練習なしでいきなり飛んで、ネウロイと戦ってみせたことを言っているのだろうが、芳佳からすれば、無我夢中《むが》でやったことで、偶然《ぐうぜん》に過ぎない。

「……私だって、練習でリーネちゃんみたいにうまくやってみせて、みんなの足手まといにならないようにしたいですよ」

芳佳は唇を尖らせた。

「ま、いいんじゃない、それで」

シャーリーは笑《え》みを浮かべたまま、うなずく。

「……呆《あき》れてません？」

「……ちょっとはね〜」

「もう！」

「けどさ」

シャーリーは寝そべったまま背伸びをすると、空をゆく雲を見上げた。

「仲間なんだよ、みんなさ。打ち負かすべき敵じゃないんだ」

訓練を終え、リーネや坂本たちが地上に降りてくる。

「宮藤はリーネを超《こ》えたい。リーネは宮藤を超えたい。だったら、二人で強くなれよ、それでいいじゃないか。一緒に頑張《がんば》ろうって、お前なら言えるだろ？」

「そうですね」

芳佳はシャーリーの言葉にほんの少し、慰《なぐさ》められる。

「……うん！　私、リーネちゃんにそう言いますね！」

「ああっと、その前に隊長に頭下げてきなよ。フーセン全部割られて、げんなりしてたぞ」

「は、はい！」

芳佳は立ち上がってお尻についた草を払《はら》うと、元気よく駆《か》けていった。

一方。

「こら〜っ！　あんたたち、また勝手に入って！」

ルッキーニは、基地内の木立の間からこちらの様子を見ている人影《ひとかげ》に気がつき、怒鳴《どな》ってい
た。

「いいじゃんかよ〜」

「減るもんじゃなし〜」

と言い返したのは、五、六歳から十歳ぐらいの子供たちだ。

「あたしやシャーリーはいいけど、ペリーヌは減るのよ！　あの子の胸が抉《えぐ》れちゃったら、あ
んたたち、責任取りなさいよ！」

「ルッキーニ！　あなた、どさくさに紛《まぎ》れて何をおっしゃるの！」

激昂《げっこう》するペリーヌ。

「……あの子たちは？」

子供たちを見て、ミーナが坂本に尋《たず》ねる。

「近くの村の子供たち……のようだな」

答える坂本。

「危険な場所には近づかないし、ルッキーニが時おり注意しているから、基地内に入ってくるのを黙認《もくにん》しているんだが……追い出すか？」

「いいわよ」

ミーナはクスリと笑い、頭《かぶり》を振った。

「ルッキーニが見ているのなら大丈夫《だいじょうぶ》。あの子、結構面倒見《めんどうみ》がいいから。近隣《きんりん》の村との友好関係を築くのも任務のうち、でしょ？」

＊　　＊　　＊

その夜。

と言っても、夏のブリタニアなのでまだ空は明るいが、夕食後のウィッチ控《ひか》え室でのこと。

「おっかしいでしょ？　実戦と訓練の、あの落差⁉」

寛《くつろ》ぐシャーリーやペリーヌたちに向かって、ルッキーニは言った。

「芳佳って、戦場だとまったく別人って時あるじゃない？　変！　絶〜っ対に変過ぎ！」

「あの〜、ここにまったく逆の例が……」

と、自分を指さすリーネは、思いっきり、ルッキーニに無視された。

「そうか？」

あまり気に留めていない様子のシャーリー。

「そ、そう言えば」

ペリーヌは眉《まゆ》をひそめる。

「あんな豆狸《まめだぬき》なのに、坂本少佐《しょうさ》に目をかけられるなんて……確かに……」

「そこ～で！」

バンッとテーブルに手を突《つ》くルッキーニ。

「あたしは気がついちゃった」

「何に？」

「何にですの？」

「な、何です？」

顔を寄せ合う少女たち。

「……何だよ？」

「………」

ルッキーニたちとは少し離《はな》れたところで、タロットカードを並べていたエイラとサーニャまでが首を突っ込んでくる。

「芳佳には……」

一同を見渡《みわた》し、ひと呼吸おいてからルッキーニは続けた。

「……何かが憑《つ》いている」

「憑いている？」

聞き返すシャーリー。

「何がです？」

と、リーネ。

「誰かの霊《れい》よ。それもかなり強力な」

ルッキーニは答えた。

「やれやれですわ、何を馬鹿《ばか》なことを？」

ペリーヌは呆《あき》れ果てたというように肩《かた》をすくめた。

「じゃあさ、ぺたんこに説明できるの、芳佳の落差？」

と、腰《こし》に手を当てて唇《くちびる》を尖《とが》らせるルッキーニ。

「そ、それは……って、ぺたんこって呼ぶのは止《や》めなさい！」

「ウィッチは使い魔《ま》を憑依《ひょうい》させるからなあ。憑くって感覚、分からないでもないけどさ」

シャーリーは苦笑《くしょう》する。

「アホだな」

小馬鹿にしたように舌を出すエイラ。

「………」

サーニャまでもが、頭を振《ふ》る。

「何よ、あんたたち⁉　その疑いの目？」

ルッキーニは膨《ふく》れっ面《つら》になった。

「疑うんなら、調べてみましょうよ！」

「調べるって、どうやってです？」

リーネは眉をひそめる。

「交霊会よ」

ルッキーニは、ナイスアイデアと言わんばかりに胸を張った。

「こ、交霊会？」

「芳佳に憑いている霊を呼び出すんだってば」

「面白《おもしろ》そうだねえ」

意外と乗り気な表情を見せるシャーリー。

「何を非科学的な」

ペリーヌがフンと鼻を鳴らす。

「わ、私は反対ですよ！　大反対！」

リーネはブルブルと頭を振った。

「あっれ〜、怖《こわ》いの〜？」

からかうような口調になるルッキーニ。

「ル、ルッキーニちゃんは、交霊会の恐《おそ》ろしさを知らないんです！　この基地には、カーナッキーもジョン・サイレンスも、ブラバッキー夫人もいないんですよ！」

……どうやら、心底怖がっているらしい。

「と、とにかく、私は嫌《いや》ですからね！」

バッ！

顔を真っ青にしたリーネは、控《ひか》え室を飛び出した。

「そして、ちょうどその時、控え室に入ってきた芳佳とすれ違《ちが》う。

「あれ、リーネちゃん？」

自分に気づかずに通り過ぎてゆくリーネの背中を、首を傾《かし》げて見送る芳佳。

「お腹《なか》でも壊《こわ》したのかなあ？」

「……逃《に》げたな」

「逃げましたですわね」

シャーリーとペリーヌは、顔を見合わせる。

「……あの〜、どうしたんです、リーネちゃん？」

控え室に入った芳佳は、ルッキーニに尋《たず》ねた。

「ん〜、何でもないって」

（ちょ〜どいいところに！）

ルッキーニはニッと笑って芳佳の手をつかむと、みんなのところに引っ張ってゆく。

「ほらほら、こっちに〜」

「な、な、何なんです？」

芳佳は戸《と》惑《まど》いの表情を浮《う》かべた。

「まあまあ」

「……これからすぐ、始めるんですの？」

顔をしかめ、ルッキーニにささやくペリーヌ。

「もっちろん」

「まだ戦闘《せんとう》待機中ですわよ……って、あなたがそんなことを気にするはずありませんでしたわね」

「いいじゃん、いい息抜《いきぬ》きだって」

ルッキーニはささやき返し、芳佳を座らせる。

「ねえ、芳佳。交霊会《こうれいかい》って知ってる～？」

「こ～れ～くゎい？」

きょとんとした表情の芳佳。

「ウィジャ盤《ばん》を使って霊を呼び出すっていう、まっ、ちょっとしたお遊びなんだけど」

「ああ、ひょっとしてコックリさんのことですか？」

芳佳は、はっと気がつき、うなずいた。

「へえ、扶桑ではそういうの？」

「ええ。流行《はや》ってましたよ～、女の子の間で。私はやったことないんですけど」

小学校の時に隣《となり》のクラスでコックリさんをやって、狐憑《きつねつ》きになった子が出たという噂《うわさ》が流れたことがある。

それ以来、学校でのコックリさんは表向き、禁止になっていたのだが、みんな結構、裏でやっていたようだ。

「扶桑式の交霊会、そのコックリさんのやり方、ちょっと教えてよ」

「いいですけど……お遊びでやったらいけないんですよ。下手《へた》をしたら、大変なことになるんですから」

と言いながらも、芳佳は紙を一枚取り出して、鉛筆《えんぴつ》で文字や鳥居をかいてゆく。

「……これ、扶桑の文字？」

ひらがなを見て、眉《まゆ》をひそめるシャーリー。

「このマークはなんですの？」

「鳥居です」

「トリィ〜？」

「ええっと、神社の門ですよ……たぶん」

芳佳にも詳《くわ》しい説明は難しい。

「これじゃあたしたちには分からないよ。紙、貸して」

ルッキーニは芳佳から別の紙をもらうと、ひらがなをアルファベットに書き直してゆく。

「A、B、C、D、E、F……この〝はい〟〝いいえ〟は、YES、NOでいいよね？」

「あ、あの〜」

大胆《だいたん》な改変に、口出しできない芳佳。

「このトリーとやらも、美しさに欠けますわね」

ペリーヌも、勝手に鳥居を描《か》き替《か》え始める。

「……ほら、これぞ、ロココの美！　この凱旋門《がいせんもん》の方が、断然、優雅《ゆうが》ですわ」

「へえ、意外と上手《うま》いな、こういうの」

覗《のぞ》き込んで感心するシャーリー。

「当たり前ですわ。芸術は乙女《おとめ》の嗜《たしな》みでしてよ。クロステルマン家の息女たるもの、絵筆を握《にぎ》らせれば印象派、オーケストラを前にすればストコフスキー、映画のメガフォンを取らせれば表現主義……」

「あ〜、はいはい」

「す、すでに、コックリさんから何千マイルも離《はな》れてないか？」

たまたま並べていたタロットカードの一枚を開くと、そこには死神《しにがみ》の姿。

「……う」

参加しようかどうしようか迷っていたエイラは、危険を感じてサーニャを下がらせる。

「はい、これで完成！」

ルッキーニは、描き上がった多《た》国籍軍《こくせきぐん》ヴァージョン・コックリさん用のウィジャ盤をテーブルの中心に置いた。

次いで、雰囲気《ふんいき》を盛り上げるためにカーテンを閉じて照明を落とし、燭台《しょくだい》の蠟燭《ろうそく》に火をつける。

「で、このあとどうすんの？」

「ま、まず、コックリさんが入って来やすいように北の窓を開けて……」

芳佳は食堂の窓を開く。

だが、カーテンは閉じているので、部屋は薄暗《うすぐら》いままだ。

「一銭硬貨《こうか》がないんで、一ペニーを鳥居、じゃなくて凱旋門のところに置いて、みんなで人さし指をこの硬貨の上に」

従うルッキーニ、シャーリー、ペリーヌの三人。

それを興味半分、警戒《けいかい》半分で見つめるエイラとサーニャ。

「で、唱えるんです」

芳佳は歌うように召喚《しょうかん》の呪文《じゅもん》を口ずさんだ。

コックリさん　コックリさん
いらっしゃいましたら、北の窓からお入りください
「……馬鹿らしい」

つぶやきながらも、ペリーヌはみんなと合わせて詠唱《えいしょう》する。

コックリさん　コックリさん
いらっしゃいましたら、北の窓からお入りください

「次にこう唱えます」

続ける芳佳。

コックリさん　コックリさん
いらっしゃいましたら、〝はい〟に進んでください

「ここらへんは、普通《ふつう》のウィジャボードと同じっぽいな」

と、ニヤニヤするシャーリー。

だが。

コックリさん　コックリさん
いらっしゃいましたら、〝はい〟に進んでください

四人が一緒《いっしょ》にそう唱えると……。

「！」

「!!」

「!?」

一ペニー貨がゆっくりと動き始めた。

その頃《ころ》。

「ホットクロスバ〜ン、ホットクロスバ〜ン、一ペニーで二つだよ〜、ホットクロスバ〜ン」

自室のベッドの上では、リーネが怖《こわ》さを紛《まぎ》らわそうと、毛布を頭から引っ被《かぶ》り、大声で童謡《どうよう》を歌っていた。

「だ、誰《だれ》が動かしているんですの？」

厳しい目で一同を見渡《みわた》すペリーヌ。

「あたしじゃないけど？」

「あたしでもないわよ！」

「わ、私でもないですよお～！」

シャーリー、ルッキーニ、芳佳の三人も自分の作為《さくい》を否定する。

だが、硬貨は斜《なな》めに移動して、やがて「YES」と書かれた位置で止まった。

「……このあと、コックリさんに質問するんですけど。もう、止《や》めます？」

芳佳は正直、止めたいなあ～っという顔で、ルッキーニたちを見渡す。

「ここまできて止められますか！」

緊張《きんちょう》した声のペリーヌ。

「こんなインチキ交霊会《こうれいかい》、誰が動かしているのか、絶～っ対、見抜《みぬ》いてやりますわ！」

「じゃあ、あたし質問～」

ルッキーニが真っ先に言った。

「コックリさん、コックリさん、芳佳が好きなのって、誰ですか？」

「わわわっ！　何ですか、そのとんでもない質問！」

芳佳は慌《あわ》てて逃《に》げようとする。

「ほらほら、コインから指離《はな》さないの。コックリさん、怒《おこ》るよ～」

「……うう」

泣く泣く従う芳佳。

すると。

――ペニー貨は、ススッと移動して、F・A・T・H・E・Rの文字を示した。

「お父さん？」

眉《まゆ》をひそめるペリーヌ。

「つまらない答えを聞いてしまいましたわ」

「ほ～んと、ガッカリ」

ルッキーニもため息をつく。

「お前さ、もう少し捻《ひね》れよなあ」

と、シャーリーまで。

「そんな～、私が答えたんじゃないのに～」

芳佳は少しばかり傷つく。

「じゃあ、次の質問、いってみようか？」

「ほ～い、あたし」

シャーリーが名乗り出る。

「コックリさん、コックリさん、今世紀世界最速の人間になるのは誰ですか～？」

――ペニーはゆっくりと動いて、シャーリーの名前を綴《つづ》った。

「……あなた、今絶っっ対に、動かしましたわね？」

にらむペリーヌ。

「知らないなあ〜」

シャーリーはとぼける。

「いいですわ。そう言い張るのなら、誰もが答えを知らない質問をしましょう。万が一、その答えが正解ならば、私めも、このコックリさんとやらが本物だと信じますわ」

ペリーヌはフンと鼻を鳴らし、質問した。

「半世紀前、世間を騒《さわ》がせた切り裂《さ》きジャック事件、犯人は誰ですか？」

一ペニー貨は移動を開始し、とあるブリタニアの王族の名前を記した。

「……」

「……」

「……」

「……」

押し黙《だま》る四人。

「……これ、本当か？」

と、シャーリー。

「さ、さあ？」

　ペリーヌは眉をひそめる。

「それらしい答えですけど……」

「お前な、馬鹿《ばか》か？　誰《だれ》も答えを知らないんだったら、これが正解かどうかも分からないだろうが？」

「そう気がついていたなら、先におっしゃるべきではなくって！」

　二人はにらみ合う。

「じゃあ、いよいよ本題」

　ルッキーニは、二人を無視して宣言した。

「コックリさん、コックリさん、あなたは芳佳に憑依《とりつ》いているんですか？」

「もう！　ルッキーニちゃん！　さっきから変なことばっかり聞かないでください！」

　頬《ほ》っぺたをプウッと膨《ふく》らませて抗議《こうぎ》する芳佳。

　だが。

　一ペニー貨は静かに動き始めると……「ＹＥＳ」の真上に移動した。

「えええ〜っ！」

　素《す》っ頓狂《とんきょう》な声を上げて、芳佳は目を丸くする。

「誰です⁉ 今、動かしたの⁉」

「あたしじゃ……」

「ありませんわよ」

シャーリーとペリーヌは、顔を見合わせる。

「それじゃ……」

ルッキーニは続けた。

「コックリさん、コックリさん、あなたは一体誰ですか？」

反応が無い。

「コックリさん、コックリさん、あなたは一体誰ですか？」

ルッキーニは、もう一度繰《く》り返した。

すると。

バンッ！

風にあおられた窓が開き、壁《かべ》にぶつかって音を立てた。

淡《あわ》い夕陽《ゆうひ》が差し込み、蠟燭《ろうそく》の炎《ほのお》が大きく揺《ゆ》らめく。

「もう、窓がうるさいですわね！」

眉をひそめたペリーヌが、一ペニー貨から指を離《はな》して立ち上がり、窓に向かう。

「……馬鹿らしい。もう閉めますわよ」

窓の閂《かんぬき》をかけてまたカーテンを閉じるペリーヌ。

「だ、駄目《だめ》ですよ！」

慌《あわ》てる芳佳。

「コックリさんが帰れなくなります！」

と、その時。

びゅうっ！

「きゃあっ！」

突然《とつぜん》、テーブルの上で旋風《つむじかぜ》が起こり、紙とペニー硬貨《こうか》を巻き上げた。

蠟燭の火が消え、部屋の中が真っ暗になる。

「ど、どうなったのですの？」

「ちょっと、明かりは？　カーテン開けてよ！」

「あ〜ん、何か踏《ふ》んじゃった！」

「サーニャ、頼《たの》む〜」

エイラが夜目の利《き》くサーニャに声をかける。

「……電気」

サーニャはすすっと扉《とびら》のそばにたどり着き、照明のスイッチを入れた。
パッ！
照らし出される室内。
床《ゆか》に四《よ》つん這《ば》いになっているペリーヌ。
その手をムギュッと踏んづけているルッキーニ。
椅子《いす》の上に立つシャーリー。
エイラは、戻《もど》ってきたサーニャの頭を撫《な》でている。
テーブルの上が散らかっている他《ほか》に、特に異常は無いようだ。
「今のって、霊の仕業《しわざ》じゃ……ないよなあ？」
シャーリーは頭を掻《か》いた。
「単なる風のイタズラです！」
ペリーヌは吐《は》き捨てる。
しかし。
「……おい、あれ」
エイラが声を上げ、指さした。
みんながその先を見ると。

「ちょ、ちょっと？」

芳佳が両手を真っ直《す》ぐ前に伸《の》ばして、テーブルに突《つ》っ伏《ぷ》している。

まるで凍《こお》りついたかのように、動かない。

「寝《ね》てるのか？」

と、シャーリーが芳佳の肩《かた》に手をかけようとした、その時。

「……無礼者。触《ふ》れるでない」

バシッ！

芳佳の手が、乱暴にシャーリーの手を払《はら》った。

「宮藤？」

まじまじと芳佳を見つめるシャーリー。

「宮藤？　宮藤とは、何者じゃ？」

ガタン！

椅子を鳴らせて、芳佳は立ち上がった。

キリッとした目。

凜々《りり》しく結ばれた口元。

普段《ふだん》の芳佳とは、まるで別人の顔である。

「あれ、宮藤さん、よね？」

ルッキーニを振《ふ》り返るペリーヌ。

「いいえ」

ルッキーニは首を横に振る。

「あたしの思っていた通り！　とうとう正体を現わしたのよ、芳佳に憑依《とりつ》いていた何者かの霊がね！」

「何者かって、何だよ？」

と、眉をひそめるシャーリー。

「そりゃあ、悪魔《あくま》か、はたまた先祖の霊か、ってところじゃない？」

ルッキーニは肩をすくめた。

このあたり、超適当である。

「はて、面妖《めんよう》な乙女《おとめ》たちじゃ」

芳佳はルッキーニたちを見渡《みわた》して、首を傾《かし》げた。

「その瞳《ひとみ》、その髪《かみ》の色。……うぬら、物《もの》の怪《け》、妖怪《ようかい》の類《たぐい》か？」

「失っ礼な憑《つ》き物ね〜」

ルッキーニは腰《こし》に手を当てて、芳佳をにらみ返す。

「そ、そちらこそ、何者です⁉」

顔を強張《こわば》らせながらも、ペリーヌは詰問《きつもん》した。

「我は中原兼遠《なかはらかねとお》が娘《むすめ》、巴《ともえ》。旭《あさひ》将軍、木曽義仲殿《きそよしなかどの》が従者」

芳佳は――または芳佳に憑いた何者かは――名乗った。

「巴御前《ごぜん》、などと呼ぶ輩《やから》もおる」

「……ええっと？」

「巴って誰？」

「さあ？　扶桑の人だと思うけど？」

顔を見合わせるルッキーニたち。

「……そっか！　聞いたことあるぞ。スオムス義勇軍所属の穴拭少尉《あなぶきしょうい》の異名が……確か『扶桑海の巴御前』とか……」

エイラが書架《しょか》に行き、扶桑関係の文献《ぶんけん》を探し始める。

食堂には、雑誌や軽い読み物を置いた書架があり、たまたま、坂本少佐《しょうさ》が読みかけて置きっぱなしにしていた扶桑関係の書物も何冊か並んでいるのだ。

「とすると、巴御前は昔の扶桑の英雄《えいゆう》って感じかあ？」

シャーリーは頭を掻《か》いた。

「ど、どうせ豆狸《まめだぬき》のことですから、穴拭少尉のことを少ない脳みその片隅《かたすみ》で覚えていて、あこがれのあまりに暗示にかかったのですわ！」

ペリーヌが言い切る。

「自己暗示です、自己暗示！　間違《まちが》いありませんとも！」

「え〜、やっぱ憑き物だよ〜」

と、自説を曲げないルッキーニ。

「え〜っと、……あった。平安《へいあん》時代末期の伝説の女武将。平家《へいけ》を討《う》ち破った木曾義仲の従者」

書架から扶桑文化事典を取り出して調べていたエイラが、巴御前の項目《こうもく》を読み上げた。

「色白で美しい女武者として有名。木曾義仲の討ち死にの直前に義仲と別れ、のち、出家して義仲の菩提《ぼだい》を弔《とむら》った……とされる……だとさ？」

「そもそも、平安時代とか、平家とか、木曾義仲とか、菩提とか……何ですの？」

どうやら扶桑の文化は、あまり欧州《おうしゅう》では知れ渡《わた》っていないようである。

「本人に聞いてみたら？」

と、ルッキーニ。

「そんなことより！　豆狸を元に戻しなさい！　こんなことが坂本少佐に知れたら、どんなにお叱《しか》りを受けることか！」

「確かに、このままってのは……拙《まず》いよなあ」

　シャーリーも困った顔になる。

　一方。

「……だから、ここはブリタニアという西の島国。時代は、あんたのいた頃《ころ》からず～っと先、八百年ぐらい未来なんだって」

「そうか。ここは扶桑ではないのだな」

　エイラは巴御前？と話し込み、状況《じようきよう》を説明して何とか納得《なつとく》させていた。

「如何《いか》なる縁《えにし》か、いや、摩利支天《まりしてん》のお導きか……」

　嘆息《たんそく》する芳佳＝巴御前。

　と、その時だった。

「！」

「！」

「こんな時に！」

　警報のサイレンが基地全体に響《ひび》き渡った。

＊　　＊　　＊

いた。

「全機、スクランブル！　私も出ます！」

ミーナはそうウィッチたちに指示を出すと、自分もハンガーに向かいながら通信兵に尋《たず》ねていた。

「どうしてこんなに発見が遅《おく》れたの？　司令部からの言い訳は聞いてる？」

「どうやら、高度100m前後の超低空飛行で接近してきたようです」

通信兵はミーナに歩調を合わせ、司令部からの通信に目を通しながら報告する。

「狙《ねら》いがペヴンシーのレーダー基地なのは確か？」

「はい！　進行方向から見ても、確実かと」

(ネウロイが我々の目を潰《つぶ》そうとしている？……まさか、ね？)

かすかに眉《まゆ》をひそめるミーナ。

「……でも、こうも不規則に来られると、みんなの負担が心配だわ」

ミーナは小さくため息を漏《も》らしてシートに座り、飛行脚《ストライカー》を装着した。

一方。

「何で私が宮藤さんごときの面倒《めんどう》を……」

「そりゃこっちの台詞《せりふ》！」

芳佳＝巴御前を両側から挟《はさ》みながら、ペリーヌとシャーリーもハンガーに向かっていた。

要領のいいルッキーニや他の面々は、もう先にハンガーで発進準備に入っている。

「ともかく、この頭の壊《こわ》れた豆狸を空に上げて……考えるのは、そのあとにしましょう」

「いいのか、それで？」

「他《ほか》に何かいい方法が？」

「……ないよなあ」

首を振《ふ》るシャーリーとペリーヌ。

しかし。

ハンガーに到着《とうちゃく》すると、芳佳＝巴御前はあたりを見渡して言った。

「出撃《しゅつげき》？……戦《いくさ》か？」

「我も出よう」

「で、出てくださるの？」

ホッとした様子のペリーヌ。

「我は戦しか知らぬ女子《おなご》なれば」

芳佳＝巴御前は、飛行脚《ストライカー》に目を留め、向かってゆく。

「なあ、今の宮藤にこいつの操縦法、分かるのか？」

眉をひそめてペリーヌに尋ねるシャーリー。

「……あ」

ペリーヌは、額に手のひらを当てた。

「ちょっと〜、二人とも急ぎなよ〜！」

と、声をかけてきたのは、すでに飛行脚《ストライカー》の装着を終えたルッキーニ。

「あなたねえ！　この責任の一端《いったん》、いえ、八割方はあなたにあるのですよ！」

「大丈夫《だいじょうぶ》」

ニッと笑うルッキーニ。

「今の芳佳って、完全に巴御前って人になってんでしょ？　だったら、絶対にいつもより活躍《かつやく》するよ、きっと」

「どういう根拠《こんきょ》でそんなことが言えるんです！」

「も〜、心配性《しょう》だなあ、ぺたんこは」

「ああ、坂本少佐に叱《しか》られます！」

ペリーヌは絶望的な表情で頭を抱《かか》えた。

一方。

「これがこの国の馬か？……鋼《はがね》の馬とはな」

芳佳＝巴御前は、ストライカー・ユニットに触《ふ》れてつぶやいていた。

「弓もずいぶんと変わった……」

弓、と呼んだのは、99式2号2型改13㎜機関銃《きかんじゅう》だ。

「引き金を引きゃあ、弾《たま》が真っ直《す》ぐに出るからさ」

と、教えるシャーリー。

「ふむ。そうして乗るのか？」

シャーリーが装着するのを真似《まね》て、芳佳＝巴御前は飛行脚《ストライカー》をいとも簡単に身につけた。

「……ふむ。面白《おもしろ》い、まるで羽衣《はごろも》でもまとったかのようじゃ」

その様子に、不審《ふしん》の目を向ける整備兵たち。

「い、いやねえ、宮藤さん！　いつものボケ、今日は特にひどいですわよ！」

笑って誤魔化《ごまか》そうとするペリーヌ。

「ほら、行くよ！　巴御前！」

ルッキーニがまず見本を見せる。

シュウウウ！

ブロロロロロロ！

使い魔の耳と尻尾《しっぽ》、足元には魔方陣《まほうじん》が出現し、小さな身体《からだ》が宙に舞《ま》い上がった。

「こうやるの！」

上空から振り返るルッキーニ。

「……なるほど、天翔《あまか》ける馬、というわけか」

ブワッ！

凄《すさ》まじい魔力が、芳佳＝巴御前の周囲に、小さな旋風《つむじかぜ》を巻き起こす。

「飛べ！　天馬！」

こうして平安の女武将は、ブリタニアの夜空へと飛び立った。

＊　＊　＊

「ネウロイの目標はレーダー基地。監視塔《かんしとう》からの報告では、超《ちょう》低空から侵入《しんにゅう》してきた六機以上の編隊よ。小型らしいけれど、みんな、油断しないで」

真っ暗な洋上を飛行しながら、ミーナはウィッチーズに告げた。

夕陽《ゆうひ》に輝《かがや》く海面近くをネウロイは飛んでくる。

かなり近づかないと視認《しにん》できそうにない。

頼《たよ》りとなるのは、坂本の魔眼だけだ。

坂本は眼帯を押し上げて、ネウロイの姿を探す。

「……来た！　二時方向！　高度は……100……いや、50……超々低空の20mだと！」

敵影《てきえい》を捉《とら》えた坂本は叫《さけ》ぶ。

ウィッチたちは一斉《いっせい》に高度を下げて、交戦状態に突入《とつにゅう》する。

「まるで空飛ぶお皿ですわね」

降下しながらペリーヌがつぶやいた。

レーダーに映らない高度、というよりは海面上を滑《すべ》るようにして接近してきたネウロイは、直径4mほどの円盤《えんばん》形。

こちらに向かってビームを放つ瞬間《しゅんかん》だけ、その姿が洋上に浮《う》かび上がる。

監視塔の報告よりも多い、十機編隊だ。

「新型だな。ずいぶんと小回りが利《き》くようだ」

坂本の口元に笑《え》みが浮かぶ。

「バルクホルンとハルトマンが先行し、他の者は援護《えんご》に回れ！」

「了解《りょうかい》、サムライ」

「了解」

息の合ったバルクホルンとハルトマンのWエースはロッテ（二機編隊）を組み、ネウロイの編隊に突《つ》っ込んでゆく。

と、その時。

「……何だ、あれは⁉」

坂本は一瞬、自分の目を疑った。

バルクホルンたちよりもさらに高速で、ネウロイに向かう機影があったのだ。

白い水兵服に、零《ゼロ》式艦上戦闘脚《ストライカー》22型甲《こう》のそれは……。

「宮藤だと⁉」

「あちゃあ〜」

手のひらで顔を覆《おお》うシャーリー。

「きゃあああ、芳佳ちゃん！」

リーネが悲鳴を上げる。

芳佳＝巴御前は、猛《もう》スピードでWエースの間をすり抜《ぬ》け、ネウロイに接近した。

「宮藤さん！　命令に従って！」

「……あれが敵、というわけじゃな」

ミーナの声を無視した芳佳＝巴御前は、13㎜機関銃《きかんじゅう》の銃口を小型ネウロイの一機に向けると、

無雑作にトリガーを引いた。

「我は巴！」

ビシュンッ！

銃弾《じゅうだん》がネウロイの中心を貫《つらぬ》く。

いや、射貫《いぬ》くと言うべきか。

「まずは一騎《き》」

黒い爆煙《ばくえん》を上げながら崩壊《ほうかい》し、墜落《ついらく》してゆく円盤形ネウロイ。

「宮藤⁉」

唖然《あぜん》とする坂本。

バルクホルンとハルトマンさえ、一瞬、動きが止まる。

「ほらほら！　やっぱ、あれって巴だよ！　芳佳じゃないって！」

ルッキーニは大喜びする。

「……なあ、本当にトモエ何とかが憑《つ》いているんじゃないか？」

「暗示です！　暗示にかかっただけですわ！　霊《れい》が憑くなんて、そんな非科学的な！」

顔を見合わせるシャーリーとペリーヌ。

「二の矢は無用！」

芳佳＝巴御前はネウロイ編隊の中心に飛び込むと、さらにもう一機を屠《ほふ》る。

「どう……なっちゃったの？」

つぶやいたミーナは、すぐに作戦を変更《へんこう》した。

「バルクホルン、ハルトマン！　美緒も宮藤さんをフォローして！　他は待機！」

何しろ、芳佳＝巴御前の動きが速過ぎる。

ついてゆけるのは、Ｗエースと坂本ぐらいのものだ。

「……あれが宮藤だと？」

「宮藤さん、すごいね！」

バルクホルンとハルトマンは目の前で起こっていることが信じられない様子だったが、ミーナの指示に従う。

「次！」

芳佳＝巴御前は、銃弾を放ったあとの目標の撃墜《げきつい》を確認しない。

一撃で仕留めたという確信があるのだ。

ネウロイが応射するビームも、芳佳＝巴御前のシールドにかすりさえもしない。

「私たちの援護なんか要《い》らないね」

ようやく一機を撃墜したハルトマンが微笑《ほほえ》む。

「……この戦い、宮藤に持っていかれたな」

肩《かた》をすくめるバルクホルン。

だが。

「……何故《なぜ》だ？」

魔眼《まがん》で芳佳＝巴御前を見た坂本が、表情を曇《くも》らせていた。

「宮藤の姿が二重に？」

魔眼に映った芳佳＝巴御前の姿が、まるでピンボケ写真のように微妙《びみょう》にずれている。

「何が起こっているんだ？」

「やれやれ！　やっちゃえ～！」

歓声《かんせい》を上げるルッキーニ。

「ブラボー！　ブラボー！」

その声に坂本は振《ふ》り返る。

「ルッキーニ？　それに……」

よくよく観察すると、シャーリーとペリーヌの様子も少しおかしい。

「……なるほど、あいつらの仕業《しわざ》か？」

坂本は、状況《じょうきょう》がようやく読めた、という顔になった。

「ならば、まずは目の前の敵を片付ける！」

坂本は軍刀を抜くと、目標と定めたネウロイとの距離《きょり》を詰《つ》めていった。

「あれが……大将か」

芳佳＝巴御前は、他の円盤形《えんばんけい》よりもやや大きめのネウロイに目をつけた。

「いざ！　最後の戦《いくさ》して奉《たてまつ》らん！」

空中を跳《は》ねるようにしてネウロイに迫《せま》る、芳佳＝巴御前。

「木曾殿《どの》！」

降り注ぐビームの矢。

「義仲殿！」

芳佳＝巴御前を、ネウロイのビームはまったく捉《とら》えることができない。

「何ゆえ、巴を解き放たれた!?　巴は何時何時《いついつ》までも、殿のために獲物《えもの》を狩《か》る鷹《たか》でおりたかったのに！　巴は最後まで、一緒《いっしょ》に戦いとう御座《ござ》った！」

ふと、その目に浮《う》かぶ涙《なみだ》。

平安末期、平家の暴政に対して挙兵した木曾義仲は、京に入って征夷大将軍《せいいたいしょうぐん》となったものの、のちに朝廷《ちょうてい》と対立。

源範頼《みなもとののりより》、義経《よしつね》の軍に破れ、敗走の折、近江粟津《おうみあわづ》で巴を一人、落ち延びさせて自らは討《う》ち死に遂《と》げたとされている。

芳佳＝巴御前は、99式2号2型改をコアに突《つ》き立て、トリガーを絞《しぼ》った。

閃光《せんこう》を発してネウロイは飛び散る。

同時に、離脱《りだつ》する芳佳＝巴御前。

「……よい戦であった」

血振るいをするように、機関銃《きかんじゆう》がさっと振られる。

「義仲殿に、この巴の姫《ひめ》武者ぶり、見せとう……御座っ……た……」

突然《とつぜん》、芳佳＝巴御前は、意識を失った。

プロペラが停止し、小さな身体《からだ》はそのまま真っ逆様に落ちてゆく。

「キャアアアっ、芳佳ちゃん！」

慌《あわ》ててリーネが下方に回り込み、波間に没《ぼっ》する前に何とか芳佳を抱《だ》きとめる。

「芳佳ちゃん！　芳佳ちゃん！」

「……ん、ん～ん？」

揺《ゆ》り動かされ、目を開く芳佳。

「……あれ、私……飛行脚《ストライカー》をつけてる？」

自分の姿を見て、芳佳は素《す》っ頓狂《とんきょう》な声を上げた。

「ネウロイと戦ってたんだよ、さっきまで」

リーネが説明する。

「い、いつの間に出撃《しゅつげき》があったの〜っ!?」

自分は確か、食堂でみんなとコックリさんをやっていて、突然、風が吹《ふ》いてペリーヌが立ち上がり……。

そのあとの記憶《きおく》がない。

「覚えていないのか？」

と、近づいてきて顔を覗《のぞ》き込むシャーリー。

「あなたのおかげで、私たちは大、大、大迷惑《めいわく》でしたのよ！」

ペリーヌが怒鳴《どな》りつける。

「わ、私のせいって……」

何も覚えていないのに、非難されるのは不当だと思う反面、覚えていない間に何をしたのか不安になる芳佳。

「……私のせい、なんですか？」

「決まっているでしょう！」

「うう……ごめんなさい」

うやむやのうちに謝らせられる芳佳。

やがて、他のウィッチたちも、芳佳のまわりに集まってくる。

「……」

心配しているのか、怯《おび》えているのか分からない表情のサーニャ。

「いい、宮藤さん？　あなたの潜在《せんざい》能力が開花したのは嬉《うれ》しいけれど、今回の行動は命令違反《いはん》で……」

と、芳佳を注意しようとするミーナを、坂本が視線で制した。

「……さあて」

坂本はルッキーニたちを見渡《みわた》した。

「どういう事態なのか、説明してもらおうか？」

芳佳やリーネたちの視線が、ルッキーニに集中する。

（え～、あたし？）

小さく自分を指さし、顔をしかめるルッキーニ。

うなずく一同。

「じ、実はですね」

ルッキーニはしぶしぶ、説明し始めた。

「ほう、それでお前らは、コックリさんで何かに憑依《とりつ》かれたと思い込んだ宮藤を、そのまま出撃させたわけだな？」

話を聞き終わった坂本は、呆《あき》れ顔《がお》で一同を見渡した。

その言い回しから察すると、どうやら坂本は本当に巴御前の霊《れい》が憑《つ》いたとは思っていないようだ。

「でも、でも！　毎回出撃前にコックリさんをやれば、戦力倍増ですよ！　微妙《びみょう》に役立たずの芳佳が、たちまちエース・パイロット！」

ルッキーニは、瞳《ひとみ》をキラキラさせて坂本を見上げる。

「……微妙に役立たずって」

肩《かた》を落とす芳佳。

「ほうほう、そうか。なかなかいい提案だな」

坂本はニコニコしてルッキーニの前に立つと……。

ゴンッ！

こぶしをルッキーニの頭に降らせた。

「というわけがなかろう！」

「……つつつ〜っ」

涙目《なみだめ》で頭を抱《かか》えるルッキーニ。

「どうします、この連中？」

坂本はミーナを振《ふ》り返った。

「そ、そうねえ」

ミーナは困り果てた顔を見せる。

「……終身トイレ掃除《そうじ》ってのはどうですかあ〜」

と、とんでもない提案をするエイラ。

「こら〜！　あんただって止めなかったじゃない！」

あまりにも恐《おそ》ろしい提案に、ルッキーニの顔が蒼褪《あおざ》める。

「んじゃあ、終身草むしり？」

「だ・か・ら！　提案しなくていいの！」

「……取りあえず、情けなくて報告書にも書けないので、この一件に関しての処罰《しょばつ》は一切《いっさい》行ないません。でも……」

ミーナは微笑《ほほえ》みながら宣告した。

「以降、基地内でのコックリさんは禁止」

「了解《りようかい》～」

「了解です」

ホッと胸を撫《な》で下ろす、シャーリーとペリーヌ。

「いいわね、ルッキーニ少尉《しょうい》も？」

「……は～い」

中佐《ちゅうさ》の目が笑っていないことに気がついたルッキーニは、その場では小さくなって、うなずいた。

しかし……。

＊　＊　＊

数日後。

「中佐！　クロステルマン中尉が、ルッキーニ少尉のダウジング占《うらな》いで、ジャンヌ・ダルクになってしまいました！」

ハンガーの整備員が、ミーナのところに駆《か》け込んできた。

「……ルッキーニ少尉をここに呼んで」

ミーナはこめかみを押さえて頭《かぶり》を振った。

その数日後。

「中佐！　イェーガー大尉が、ルッキーニ少尉のダイス占いで、カラミティ・ジェーンになってしまってます！」

どこからか聞こえてくる銃声《じゅうせい》。

「ルッキーニ少尉を呼びなさい！」

ミーナは、バンッと執務机《しつむ》に手を突《つ》いた。

またまた数日後。

「中佐！　今度はリーネ軍曹《ぐんそう》が、ルッキーニ少尉のルーン占いで、不思議の国のアリスになっちゃいました！」

もはや実在の人物でさえなかったりする。

「ルッッッッキィィィーニ少尉！」

ミーナは髪《かみ》を掻《か》きむしり、悲鳴を上げた。

もちろん。

その後、ありとあらゆるオカルト儀式《ぎしき》が禁止になったことは、言うまでもない。

第三章 CHAPTER 3

STRIKE WITCHES
Shimada Humikane & Projekt Kagonish

親睦会、マンマ・ミーア！

待機任務が解けた、のどかな午後。

芳佳とリーネ、シャーリー、ペリーヌ、そしてルッキーニの五人は、滑走路《かっそうろ》脇《わき》の涼《すず》しい木陰《こかげ》で、のんびりとお茶の時間を過ごしていた。

持ち寄ったのは、みんなの手作りのお菓子《かし》。

芳佳は、草餅《くさもち》。

ルッキーニは、瓶詰《びんづ》めのフルーツで作ったタルト。

リーネは、微妙《びみょう》な形のスコーン。

シャーリーは、やや焦《こ》げ気味のバタークッキー。

ペリーヌだけは手作りではなく、お取り寄せの高級マカロンである。

「けど、お前も意外と付き合い、いいよなあ。こういう集まり、嫌《きら》いじゃないのか？」

アルミ製のカップに代用コーヒーを注《つ》ぐシャーリーが、からかうような視線をペリーヌに向けた。

「あら、好きで参加しているわけじゃありませんわよ。他《ほか》の隊員とのコミュニケーションを図《はか》るのも、任務の一環《いっかん》と心得ているだけです」

澄《す》ました顔で、紅茶のカップに口をつけるペリーヌ。

「芳佳〜、お砂糖取って〜」

みんなが白いクロスのかかったテーブルを囲むなか、一人だけ、まるでチェシャ猫《ねこ》のように頭上の木の枝に寝《ね》そべっているルッキーニが、声をかける。

「は〜い」

と、立ち上がってシュガーポットを手渡《てわた》す芳佳。

「ねえ、エイラとサーニャは？」

ルッキーニは大量の砂糖をカップに流し込みながら、シャーリーに尋《たず》ねた。

「エイラ、サーニャを起こしてから一緒《いっしょ》に来るって言ってたけど？」

「……完っ全な夜型だもんね、サーニャって」

「あの〜」

芳佳はルッキーニを見上げた。

「時は、私の部屋の前の廊下《ろうか》に、ホッカホカの茸《きのこ》スープのパイ包みとか、ボルシチの鍋《なべ》とかが置いてあることがあるんですけど、それって……」

「……間違《まちが》いなく、サーニャ。あの子、意外と料理得意だし」

「うん、サーニャだね」

シャーリーもうなずく。

「どういうことなんでしょ？」

「さ、さあ？」

と、リーネ。

「エイラさんに聞けば、分かるかもしれないけど……」

「あのエイラが、素直《すなお》に答えるわけないよなあ」

シャーリーがニッと笑う。

だが。

「単に餌付《えづ》けしようとしているのではないですか、オモシロ豆狸《まめだぬき》を。若《も》しくは、ちょっぴりずつ砒素《ひそ》を盛って、毒殺を目論《もくろ》んでいるのか」

ペリーヌがバッサリ。

「ど、毒殺！　ていうか、誰《だれ》が豆狸ですか、誰が⁉」

抗議《こうぎ》する芳佳。

だが、一同は一斉《いっせい》に芳佳を指さした。

「うう〜、みんなまで〜」

芳佳は膨《ふく》れっ面《つら》で、草餅をパクリと頰張《ほおば》った。

本当は、少し嬉《うれ》しい。

ようやく、みんなと軽口を叩《たた》き合えるくらい、仲よくなれてきたのだから。

もちろん、ミーナ隊長や坂本少佐《しょうさ》、あこがれのWエース、ハルトマン中尉《ちゅうい》とバルクホルン大尉も、芳佳によくしてくれている。

それに、芳佳も最近、ウィッチーズのみんなのことがやっと分かってきたところだ。

ミーナ隊長は、歌がすごく上手《うま》い。

エーリカ・ハルトマン中尉は、見た目と違《ちが》ってずぼらで、掃除《そうじ》が苦手。

ゲルトルート・バルクホルン大尉は、真面目《まじめ》だけど、ちょっと照れ屋さん。あまり笑わないが、笑うとすごく可愛《かわい》い。

サーニャ・V・リトヴャク中尉は、夜型の低血圧。

エイラ・イルマタル・ユーティライネン少尉は、当たらないタロット占《うらな》いが趣味《しゅみ》。

おおらかで豪快《ごうかい》なシャーロット・E・イェーガー大尉は、バイク好きのスピード狂《きょう》。意外なことに、清潔好きのお風呂《ふろ》好きだ。

芳佳のことを豆狸と呼んだペリーヌ・クロステルマン中尉は、本当は寂《さび》しがり屋。親友のリネット・ビショップは大家族で、芳佳と同じく、料理が趣味。編み物や裁縫《さいほう》も得意だが、ちょっとばかり、ボオ〜ッとしたところがある。

仔猫《こねこ》っぽいフランチェスカ・ルッキーニは、基地のいたるところに自分だけの隠《かく》れ家《が》を作るのが趣味で、男の子のように虫取りも得意。料理の味にうるさかったりもする。

坂本美緒少佐は……まあ、あのまんまの人である。

「それにしても……」

ペリーヌは口に手を当てて、上品にアクビをする。

「退屈《たいくつ》な午後ですわね。この基地には、娯楽《ごらく》施設《しせつ》が少な過ぎますわ」

「言えてる」

珍《めずら》しく同意するシャーリー。

「せめてサーキットとか、欲しいよなあ」

「……そんな大掛《おおが》かりなもの、どこに造るんですか？」

リーネがため息をつく。

「そうだ！　親睦《しんぼく》会、やろうよ！」

木の枝に寝《ね》そべっていたルッキーニは突然《とつぜん》、枝から逆さまにぶら下がって芳佳に顔を近づけた。

「っ！」

芳佳は草餅《くさもち》を喉《のど》に詰《つ》まらせそうになり、慌《あわ》ててお茶で流し込む。

「んぐんぐ……ぶはっ！　親睦会って……どことです？」

「ほら、この近くに小さな村があるでしょ？　日頃《ひごろ》、あの村には買い物に行ったり、時々、牛乳とか卵とか貰《もら》ったりとか、いろいろとお世話になってるじゃない？　だから、親睦会を開いて友好ムードを盛り上げるのよ！」

「またまた、良からぬことを企《たくら》んで」

冷ややかな目を向けるペリーヌ。

と、そこへ。

「面白《おもしろ》そうじゃないか？」

坂本がミーナとともにやってきて、みんなに声をかけた。

「近隣《きんりん》住民の評判を高めるのは、決して無駄《むだ》なことではないしな」

「私も賛成です！」

ペリーヌの態度が、コロッと変わる。

「是非《ぜひ》、基地を挙げて親睦会を開くべきですわ！」

「……おいおい」

呆《あき》れ果てるシャーリー。

「ネウロイ襲来《しゅうらい》の間隔《かんかく》も不規則になってはきているが……、まあ、さすがに連日ということはないだろう」

うなずいた坂本は、ミーナを振《ふ》り返る。

「どうかな、ミーナ？」

「いいんじゃないかしら？　村のみなさんには、いろいろとお世話になっているし」

「誰かさんなぞは、かなり迷惑《めいわく》もかけていらっしゃいますしねえ」

ペリーヌは仄《ほの》めかした。

「ほら、あんたのことよ、芳佳」

ルッキーニは枝からヒョイと飛び下りると、ウインクして肘《ひじ》で芳佳を小突《こづ》く。

「うう」

確かに、この前の飛行訓練では畑に墜落《ついらく》して大穴を開けたし、馬小屋に突《つ》っ込んだこともある。

鶏小屋《にわとりごや》に突っ込んだことも、牛小屋に突っ込んだこともある。

井戸《いど》に落ちたことも、堆肥《たいひ》の山に……。

「人のことが言えるのかな、ルッキーニ？」

と、坂本はからかうように片眉《かたまゆ》を上げた。

「お前が村の男の子たちと喧嘩《けんか》して、全員泣かせたという話を耳にしたが？」

「あ、あれは、あっちが～」

ルッキーニは唇《くちびる》を尖《とが》らせる。

「問答無用だ」

これで決まり、という顔になった坂本は、芳佳の草餅を一つつまみ上げて口に放《ほう》り込んだ。

「ルッキーニ、言い出しっぺのお前には是非、親睦会の企画《きかく》に頭を捻《ひね》ってもらい、普段《ふだん》の罪滅《つみほろ》ぼしをしてもらおう」

「村との細かな交渉《こうしょう》は、私がするから安心して」

にっこり微笑《ほほえ》むミーナ。

「……は～い」

口は禍《わざわい》の元。

面倒臭《めんどうくさ》いことは苦手なルッキーニは、ガックリと肩《かた》を落とした。

＊　＊　＊

その夜。

ブリーフィング・ルームに集合した少女たちは、親睦会の演《だ》し物に知恵《ちえ》を絞《しぼ》っていた。

「……じゃ、ミーナ中佐《ちゅうさ》には歌を、坂本少佐には剣舞《けんぶ》を披露《ひろう》してもらうことに決定〜」

ルッキーニは、黒板をバンッと叩《たた》いた。

「残念ながら、ユニットの整備やらなんやらで、バルクホルン大尉《たいい》とハルトマン中尉、それにサーニャは参加不可ね」

さすがに、基地に一人もウィッチが残っていないのは拙《まず》い、ということで三名が居残りとなった。

「……」

サーニャは眠《ねむ》い目を擦《こす》りながら、大いに不満そうだ。

「ほれほれ、土産《みやげ》、たくさん持ってきてやるから」

エイラに髪《かみ》を撫《な》でながらそう言われ、ようやく笑顔になるサーニャ。

「……で、何かやりたいことある人？」

ルッキーニは一同を見渡《みわた》した。

「はい！　私はお料理を……」

真っ先に手を挙げる芳佳。

「納豆《なっとう》は禁止！　クサヤも禁止！　海苔《のり》も、梅干しも、鮒寿司《ふなずし》も禁止！」

間髪《かんはつ》を入れずに釘《くぎ》を刺《さ》すペリーヌ。

「ペリーヌさん、好き嫌《きら》い多い～」

芳佳は唇を尖らせる。

「みんな健康にいいのに～」

「お黙《だま》りなさい！　あなたの出す料理はどれもこれも、健康を損《そこ》なって余りある精神的ダメージを与《あた》えるんです！　仮にも親睦《しんぼく》会！　村の方々からの憎悪《ぞうお》を買うような事態を引き起こしてどうするのですか！」

「あううう」

芳佳、立場なしである。

「……まあ、変なもん並べなきゃ、芳佳はそれでいいや。他《ほか》にな～んもできそうにないし」

ルッキーニは言った。

「ううう～」

芳佳、さらに落ち込む。

「他には？」

「じゃ、じゃあ、私もお料理で」

リーネも手を挙げ、芳佳を見て微笑む。

「……芳佳、リーネはお国料理の屋台、と」

ルッキーニは黒板に書いた。

「他には～？」

「私は」

こほんと咳払《せきばら》いをするペリーヌ。

「ランボーの詩の朗読などを」

「……却下《きゃっか》」

「！　どうしてですの!?」

「だって、そんなの退屈《たいくつ》じゃん」

「まったく！　これだから教養のない人は！」

「ペリーヌは、着ぐるみで風船配りね。決定」

ルッキーニは勝手に決める。

「そんな！　断固拒否《きょひ》いたしま……」

「そう言えば、坂本少佐って、着ぐるみの似合う子が好きだって言ってたのよねえ～」

と、ルッキーニ。

無論、大嘘《おおうそ》だ。

「ほ、他にやる人がいないのなら。他ならぬ、親善のためですから」

ペリーヌ、あっさりと引っかかり過ぎである。

「んで、シャーリーは？」

ルッキーニは、シャーリーの顔を見た。

「あたしは……そうだ、ストライカー・ユニットの展示とかするんだろ？　それの解説」

「い、意外と地味なところを突《つ》いてきましたわね？」

眉をひそめるペリーヌ。

「だって、楽そうだもん」

シャーリーはニッと笑った。

「あとは……エイラ？」

ルッキーニは、タロットカードを並べていたエイラに尋《たず》ねる。

「私は……秘密だね。乞《こ》う、ご期待ってことで」

不気味か、不敵か、微妙《びみよう》～な笑《え》みを湛《たた》えるエイラ。

「親睦会当日のみんなの運勢は……聞きたい？」

全員が首を横に振《ふ》った。

エイラのタロット占《うらな》いが、かなりの確率で逆方向に当たることを、一同は経験則から知っているのだ。

「じゃあ、今日はこれで解散ね」

ルッキーニは宣言した。

「みんな、気合入れてね！」

「私、材料の仕込みとか、しなくっちゃ！」

自室に向かいながら、リーネは珍《めずら》しく張り切った様子を見せた。

「私も！　頑張《がんば》ろうね、リーネちゃん！」

芳佳がリーネの手を握《にぎ》る。

「うん！」

二人は顔を見合わせ、ニッコリと笑った。

＊　＊　＊

「……あらあら、ここにいたの？」

親睦会準備三日目。

ミーナはウィッチーズ基地内のそこここに作られた秘密基地のひとつ、樹の上に作られた小屋で、昼寝《ひるね》をしているルッキーニの姿を発見した。

畳《たたみ》に換算《かんさん》して一畳《じょう》ほどの空間に並ぶのは、猫《ねこ》のポスター、可愛《かわい》い木製の小物入れ、地球儀《ちきゅうぎ》に複葉機の模型、コミック雑誌にクッキー……。

邪気《じゃき》のない寝顔を見せるルッキーニの上着はめくれ上がり、瑞々《みずみず》しい白いお尻《しり》が見えている。

「待機中なのに、仕方ない子ね」

ルッキーニの姿が見えないと喚《わめ》いて、捜《さが》し回っているのは、ペリーヌである。

「宮藤さん！　徹底《てってい》的に捜して！　ひとつ、秘密基地を見つけたら、その三十倍は基地があると思いなさい！」

遠くで聞こえるペリーヌの声。

「ルッキーニ……」

ミーナは起こそうと思ったが、微笑《ほほえ》んで止《や》めた。

「……頑張っているものね、親睦会の準備。あんなに面倒臭《めんどうくさ》がっていたのに」

優《やさ》しい慈愛《じあい》に満ちたその瞳《ひとみ》は、まるで母親だ。

「でも、そんなあなたの姿に、私たちは救われることもあるのよ」

そっと毛布をかけてやり、ミーナは秘密基地の扉《とびら》を閉めた。

＊　＊　＊

そして、翌、親睦会当日。

ストライクウィッチーズの面々は、整備班員の運転する軍用トラック二台を連ねて、村に入った。

道沿いには木骨造り、藁葺《わらぶ》き屋根の家々が立ち並ぶ。

パン！

パパンパン！

歓迎《かんげい》に出た村の人たちは、ウィッチーズのために花火を上げる。

トラックは、広場に入る手前で停車。

ルッキーニや芳佳たちは、そこから歩いて親睦会の会場である広場に向かった。

「き、緊張《きんちょう》するよ〜」

軍用トラックから最後に降り立った芳佳が、強張《こわば》った笑顔をリーネに向ける。

「やめて〜、私の方が上がり性《しょう》なんだよ〜」

と、戦闘《せんとう》でも本番に弱いリーネ。

「あなたたちはマシですわよ！」

ペンギンの着ぐるみをまとったペリーヌは、二人をにらみつけた。

「第501統合戦闘《せんとう》航空団、ミーナ・ディートリンデ・ヴィルケ中佐《ちゅうさ》です」

出迎《でむか》えた村の人々の前にすっと出て、ミーナは敬礼した。

さすがに堂々としたものだ。

「国防市民軍指導要員、ロンドン第一歩兵師団のリチャード・ガレットJr.。少尉《しょうい》です」

村民たちの中から、男たち数名が歩み出た。

一番若い、軍服をまとった二十代半ばの男がまず、ミーナに敬礼を返す。

国防市民軍は、ネウロイの侵攻《しんこう》に対する地域防衛として、退役《たいえき》軍人、兵役免除《めんじょ》者などが参加する組織。

ガレット少尉は正規軍から派遣《はけん》され、訓練などの指導に当たっているとのことだった。

次に。

「国防市民軍、指導部の……あ～……」

ガレットの隣《となり》に立った軍服の老人は、敬礼の姿勢を取ったまま凍《こお》りついた。

「ヘンリー・スコット少尉って名乗れや、ハンク」

後ろの方から、誰かがささやく。

どうやらこの老人、退役軍人らしいのだが、ちょっとばかりボケているようだ。

ちなみに、階級は市民軍の地域指導部員として新たに与《あた》えられたものなので、退役時の階級ではない。

「……でぇ～あります」

老スコット少尉は、もう一度敬礼した。

続いて。

「トリビューン紙のオーウェルです。今回の親睦《しんぼく》会の取材をさせていただきます」

にこやかに手を差し出したのは、トレンチコートにソフト帽《ぼう》という都会的なスタイルの中年男性。

「お手《て》柔《やわ》らかに、記者さん」

ミーナはニッコリと手を差し出した。

「早耳ですのね？……親睦会の話はどこから？」

「そりゃ、守秘義務ってヤツがありまして」

記者はミーナの手を握《にぎ》り返す。

「ジョージとお呼びください、レディ」

「では、私のことはミーナと」

ミーナはそう返しながらも、記者に対しての警戒《けいかい》を強める。

マスメディアの中には、常に軍批判の機会を狙《ねら》っている輩《やから》も多いのだ。

「カメラマンもあなたが？」

オーウェルの肩《かた》からストラップで提《さ》げられたカメラを見て、ミーナは尋《たず》ねた。

「記者もカメラマンも、手が足りませんでね。あなたの故郷のカールスラントにも、我が社から何名か特派員が飛んでますよ」

「危険を顧《かえり》みずに、ご立派ですわ」

故郷の惨状《さんじょう》を思い出し、ミーナの笑顔《えがお》がほんの少し、曇《くも》る。

「……しかしまあ、みんな可愛《かわい》い子ばかりですなあ」

オーウェル記者はペンとメモを取り出しながら、ウィッチたちに目を向けた。

「あんな小さな子たちを戦場に駆《か》り出し、棺桶《かんおけ》に片足突《つ》っ込んでるような大人が、安全な場所で金勘定《かねかんじょう》。……士気は下がりませんか？」

「あの子たちはこのブリタニアの危機を救うために、自ら志願して集まった勇敢《ゆうかん》なウィッチたちです。その力を多くの人を守るために、という気持ちに一片《いっぺん》の曇りもありませんわ」

「その力を多くの人を守るために……確か、ストライカー・ユニットの開発者の一人、ドクター・ミヤフジの言葉ですな」

記者は笑う。

「あら、よくご存じね？」

「いろいろと取材、重ねてますからねえ。例えば、ウィッチーズと、その上官であるトレヴァー・マロニー大将との不仲説なんぞも」

「あらあら、根も葉もない」

ほんの少し、ミーナの瞳に動揺《どうよう》が表われる。

「これが根も葉もあるんですなあ」

記者は帽子《ぼうし》の縁《へり》をピンと弾《はじ》く。

「あの狡《ずる》いので有名なマロニー大将殿《どの》は、ウィッチーズ投入を強く進言した前司令官ヒューゴ・ダウディング大将と反りが合わなかった。いや、妬《ねた》んでいたと言ってもいい。だから、ダウディングの遺産であるあなたたちは、マロニーから……」

「さあさあ、もういいでしょう？」

ガレット少尉が、二人の間に割って入った。

「インタビューはあとにして、まずは楽しみましょう」

「……ええ」

ミーナは小さく息をつくと記者に背を向けるように、ガレット少尉の腕《うで》を取った。

「あの記者を止めてくれてありがとう、少尉。広場まで、エスコートしてくださる？」

「喜んで」

ガレット少尉はうなずいた。


広場には、ステージや屋台がすでに設けられていた。

前日のうちに、整備班とルッキーニたちが準備したのだ。

「は〜い、じゃあ、芳佳とリーネは屋台に行って料理にかかって！　中佐と坂本少佐はステージ裏に回ってください！」

意外と乗り乗りで指示を出すルッキーニ。

「あ、親分だ！」

「おやぶ〜ん！」

ルッキーニのところに、村の子供たちが駆け寄ってきた。

いつか、基地に忍《しの》び込んできていた子供たちだ。

「親分、戦いの話してよ！」

「それよりも、騎士《きし》ごっこやろう！」

「かくれんぼ！」

子供たちはルッキーニを囲んでワイワイとはしゃぐ。

「親分？」

白い目でルッキーニを見るペンギン姿のペリーヌ。

「あ、あんたたち！　その呼び方は止《や》めなさいよ！」

ルッキーニはちょっと焦《あせ》ったような顔になって、子供たちに釘《くぎ》を刺《さ》す。

「こっちのお姉ちゃんたちは？」

「親分の友だち？」

「もしかして、ウィッチ？」

「そ、そうでしてよ」

キラキラした目で見上げられたペリーヌは、当惑《とうわく》の表情になる。

「きれ〜、お人形さんみたい〜」

小さな女の子の一人が息を呑《の》む。

「ま、まあ、正直な子ですこと」

　そう言いながらも、顔が真っ赤になるペリーヌ。

「このお姉ちゃんも？」

　別の子供が、芳佳を指さした。

「宮藤芳佳軍曹《ぐんそう》です、よろしくね」

　笑顔《えがお》で挨拶《あいさつ》する芳佳。

「へえ〜、親分の言ってた通りだ」

　十歳ぐらいの赤毛の男の子が、そう言って鼻を掻《か》いた。

「な、何が？」

「今度、東洋から来たウィッチは、ぺたんこだって」

　男の子は芳佳の胸に手を伸《の》ばして、ムギュッとつかむ。

　いや、つかもうとしたが、それほどボリュームがなかったので指が空振《からぶ》りした。

「きゃっ！」

　自分の胸を庇《かば》いながら、ルッキーニを振り返る芳佳。

「ルッキーニちゃん、何教えてるんですか⁉」

「だって〜、事実だし」

「ルッキーニちゃんだって、同じようなものでしょ！」

「あたしはミドルティーンになってから、成長著《いちじる》しいタイプなの。ロマーニャの女は、みんなそう」

著しく成長する予定？の胸を張る、ルッキーニ。

「……そんでもって、中年過ぎるとみんなデブだろ？」

ニヤリとするエイラ。

「そこ、うるさい！」

ルッキーニは、キッとエイラを指さした。

「皮肉なものだ」

ステージ裏に向かいながら、そんな芳佳やルッキーニたちのやり取りを見た坂本は、ガレットとともにやって来たミーナに小さく微笑《ほほえ》む。

「ネウロイの侵攻《しんこう》のおかげで、一気に人類は国境や人種を超《こ》えて、ひとつになった。奴《やつ》らが現われなければ、私たちは未《いま》だに、同じ人間同士で殺し合っていただろうな」

「そうかしら？」

優《やさ》しく目を細めるミーナ。

「少なくとも、あの子たちには最初から、国境や人種なんか問題じゃなかった。そう思うわ」

「まったく、ミーナらしい」

坂本はそう言うと、軍刀の柄《つか》に視線を落としてため息をつく。

「人前で剣舞《けんぶ》を披露《ひろう》するのは久《ひさ》し振《ぶ》りだ……」

「上がってる？」

「……かなり。歌の上手《うま》いミーナが羨《うらや》ましい」

「私はあなたのキンと張り詰《つ》めた剣《つるぎ》の舞《まい》、大好きよ」

ミーナは、ガレットの腕《うで》を放した。

「ありがとう、少尉《しょうい》」

「それでは、歌と剣舞、楽しみにしています」

ガレットは一礼し、ステージの席の方に向かった。

一方。

「あんたねえ、この陽気でスキー持ってきてどうすんの？」

ルッキーニは、夏の最中《さなか》にスキー板とストックを抱《かか》えてやってきたエイラを見て、頭を抱えていた。

「だから、予告編だって」

ご丁寧《ていねい》にヤッケまで着込んだエイラは、クイクイと腰《こし》を捻《ひね》って、雪山を滑《すべ》り降りる真似《まね》をして見せる。

「へ?」

「冬の親睦《しんぼく》会に、乞《こ》うご期待ってこと」

「予告編だけかい! って、あんた、あたしたちをからかうためだけに、スキー持ってきたでしょ!」

「おお、当たり」

わざとらしく驚《おどろ》くエイラ。

「むしろ、ピンポイントでルッキーニをからかうためだったり?」

「……もういいから」

ルッキーニは白旗を揚《あ》げた。

「裏に行って、子供たちに配る風船膨《ふく》らますの、手伝ってきて」

「はいはい、了解《りょうかい》です……ルッキーニ隊長どの～」

エイラは舌を見せながら敬礼し、ヨタヨタとスキーを担《かつ》いで退場した。

「オメ～、確かこの前、うちの畑に突《つ》っ込んだ娘《むすめ》だよな」

お好み焼きと焼きそばを出す芳佳の屋台に、中年の農夫がやってきて笑いかけた。

芳佳は、坂本少佐から猛特訓《もうとっくん》を受けている時に、何度か村の近くに墜落《ついらく》して、麦畑に大穴を開けている。

この間、というからたぶん、二週間前の訓練のことだろう。

「そ、そ、その節はごめんなさい！」

ねじり鉢巻《はちま》きに法被《はっぴ》姿の芳佳は、膝《ひざ》に額をぶつけそうなほど深々と頭を下げる。

藁《わら》の山に突っ込み、お尻《しり》だけを出して、無様にもがいていたところを引っ張り出してくれたのは、この農夫であることを芳佳は思い出した。

「まあ、いいってことよ」

農夫はニット帽《ぼう》の上から頭を掻《か》いた。

「怪我《けが》ぁ、なかったか？」

「はい！　もう元気いっぱいです！」

「その、パイみたいの、俺にひとつくれ」

「はい！　これ、扶桑名物、お好み焼きって言うんですよ！　青海苔《あおのり》と桜えび、サービスしておきますね！」

お好み焼きは、たっぷりと緑と赤に染まった。

その隣《となり》の、リーネの屋台では。

「へえ〜、あんたんとこじゃ、塩を入れないんだねえ」

村の主婦たちが、プレーン・スコーンの生地《きじ》を捏《こ》ねるリーネの手際《てぎわ》を、感心した顔つきでながめていた。

「はい！　その代わりにほんの少しだけ、レモン汁《じる》を入れるんです！　うちの秘伝なんですよ！」

「今度試《ため》してみようかしら？」

「それに、こっちのルバーブのジャムはですね」

ワイワイやっている様子は、ほとんど、オバサンの井戸《いど》端《ばた》会議である。

「そんでよ、こいつ、畑耕すのに使えんのか？」

ストライカー・ユニットの展示場では、シャーリーが農夫たちの矢《や》継《つ》ぎ早《ばや》の質問にタジタジとなっていた。

「ええと……どうかな？」

答えに窮《きゅう》するシャーリーは、小さくつぶやく。

「魔《ま》道《どう》エンジンのトルクとかエネルギー配分だったら、説明できるんだけどな……」

「水車には使えねえのか？」

スペック的な数字よりも、用途《ようと》の方が気になる農夫たち。

「た、たぶん、無理じゃないかと」

「脱穀《だっこく》機にはならねえのか？」

「んじゃあ、薪割《まきわ》りには？」

「灌漑《かんがい》ポンプに使うのにゃ、どんだけこれを並べればええのかの？」

「……誰《だれ》か代わってくれ」

楽をしようと思っていたのに、貧乏《びんぼう》くじを引いてしまった感じだ。

「……これがストライカー・ユニットですか？」

ちょうどそこに立ち寄ったガレット少尉《しょうい》が、シャーリーに声をかけてきた。

「間近に見るのは初めてですが、洗練された魔道エンジンですね」

「調整状態もいい。特にこれ」

ガレットは展示中の三機の飛行脚《ストライカー》のうち、右端《みぎはし》のユニットを指さす。

シャーリー自身のP－51Dだ。

「無骨な機体に見えるけれど、かなり繊細《せんさい》に仕上げてあります。といっても、これを操《あやつ》るのは、荒馬《あらうま》に鞍《くら》なしで飛び乗るようなものでしょうが」

「えへへ。分かるんだ？」

誉《ほ》められると、顔がほころぶシャーリー。

「家が機械屋なので、大いに興味がありますよ」

と、ガレット少尉もつられて笑う。

「へえ？」

「うちで扱《あつか》っているのは、農耕機やポンプ用の小さなエンジンですけどね。サフォーク州のレーストンという小さな町の会社で、僕が継《つ》げば三代目になります」

「じゃあ、こんどチューンナップを手伝ってもらおうかな？」

「私でよければ。エネルギー配分はどうなっています？」

「今のところは……ほら、このくらい。でもさ、実戦になったら……」

二人は村人そっちのけで専門的な話に花を咲《さ》かせた。

「さあさ、みなさんのお待ちかね！　ストライクウィッチーズの華《はな》の中の華！　赤毛の素敵《すてき》なお姉様！　女侯爵《こうしゃく》、ミーナ・ディートリンデ・ヴィルケの登場で～す！」

拍手《はくしゅ》の中、ルッキーニの前説で、白いドレスに着替《きが》えたミーナがステージに姿を現わした。

一礼したミーナは静かに、故郷カールスラントの映画で使われた流行《はや》り歌を歌い出す。

この世に生まれ　ただひとたび
夢ともまごう　素晴らしさ
うたかたに　天から降りし金色《こんじき》の光
この世に生まれ　ただひとたび
夢か、それとも幻《まぼろし》か
二度とはない喜び
この世に生まれ　ただひとたび
二度とは帰らぬ　美しき想《おも》い出
この世に生まれ　ただひとたび
春の蕾《つぼみ》がほころんで
花開く時に

言葉の違《ちが》いを飛び越《こ》して、村人たちの胸を締《し》め付ける愛の歌。
客席のあちこちから、すすり泣く声が聞こえてくる。
芳佳などはもう、涙《なみだ》ダラダラでハンカチを離《はな》すことができない。

「ふと〜ももが〜艶《つや》っぽさ〜爆発《ばくはつ》じゃあ〜、中佐どの〜」

国防市民軍の老スコット少尉も感涙《かんるい》しているが、こちらはいささか目つきが邪《よこしま》である。

歌い終わった時には、ロンドンの大ホールのコンサートに優《まさ》るとも劣《おと》らぬ熱狂《ねっきょう》が、聴衆《ちょうしゅう》を包み込んでいた。

＊　＊　＊

「リ〜ネ！　何か飲み物〜」

ステージが小休止に入ったところで、リーネの屋台にルッキーニが駆《か》け寄ってきた。

「ルッキーニちゃん、ごくろうさま〜。オレンジ・ジュースでいい？」

「うん！」

ルッキーニは、リーネが差し出したグラスのジュースを一気に飲み干した。

「素敵だったね〜、ミーナ中佐の歌」

リーネはうっとりとした表情で微笑《ほほえ》む。

「ほんと、もうほとんどプロの歌手だよね〜。このまま営業に出よっかって感じ？」

「それにそれに〜、坂本少佐の剣舞《けんぶ》も格好よかったし！」

「そうそう、見惚《みと》れてボオ～ッとなっちゃったぺたんこが、石につまずいてお尻から転んじゃって、笑えるのなんの！　もう、腹筋が痛くって！」

「……いや、それは笑ったら可哀《かわい》そうだよ」

さすがにリーネは、困ったような顔になる。

「そう言えば、芳佳は？」

ルッキーニは、お好み焼きと焼きそばの屋台の方に目をやった。

「姉ちゃん、あと焼きそば二つな！」

「はい！」

「こっちはお好み焼き！」

「はい、毎度！」

「姉ちゃん、こっちも！」

「はいはい！」

どうやら大繁盛《はんじょう》らしく、芳佳はコテを両手に奮闘《ふんとう》している。

「……戦いより、あっちの方が向いてるんじゃないの？」

ルッキーニは少しばかり呆《あき》れる。

（ほんと、何であんな子が戦ってるんだろ？）

「……ペリーヌじゃないけどさ、坂本少佐が芳佳を引っ張ってきた理由って、よく分かんないよね」

「そうかなあ」

と、リーネ。

「私には、なんとなく分かる気がするよ」

「？」

「芳佳ちゃんはね、自分に頑張《がんば》れって言える子なんだ。私は誰かに認められないと、やっぱり自信持てないけど」

「自分に頑張れ、ねえ〜」

ルッキーニは首を傾《かし》げる。

「……やっぱ、よく分かんないや」

「えへへ、私も分かってないのかも。でも、芳佳ちゃんを見ていると、何となく、元気貰《もら》えるの」

「あんたさ、元気と一緒《いっしょ》に、胸も貰ったんじゃないの？」

ルッキーニは、さっとリーネの胸に手を伸《の》ばした。

「な、な、何するんですか！」

胸元《むなもと》を隠《かく》すように押さえ、顔を真っ赤にするリーネ。

「この半分でも、芳佳にあればねぇ」

「半分あげたいですよ」

リーネは唇《くちびる》を尖《とが》らせる。

「大きいのだって、大変なんですからね」

と、その時。

「！」

遠くからサイレンの音。

「あれって、基地の警報！」

今までの笑顔をかなぐり捨て、魔女たちは一斉《いっせい》に走り出した。

第四章
CHAPTER 4

勇気を貰って

ミーナ中佐《ちゅうさ》以下、ストライクウィッチーズのメンバーは、軍用トラックのまわりに集まっていた。

さらにそのまわりを、村人やガレット少尉《しょうい》、オーウェル記者が取り囲む。

「か、監視《かんし》所から報告！　巨大《きょだい》ネウロイ四機と小型ネウロイからなる編隊が高度１４０００で接近中……だったんですが……」

基地に入った連絡《れんらく》を、トラックの無線で受けた整備兵がミーナに伝える。

「要点を簡潔に報告しろ！」

詰《つ》め寄る坂本。

「な、南東70㎞の海上で二つに隊を分け、巨大ネウロイ三機を中心とした本隊がロンドン方面へ」

不安そうに村民が見つめる中、整備兵は声をひそめた。

「……残りの巨大ネウロイ一機は、真っ直《す》ぐこちらに向かっています」

「私たちをここで足止めして、その間にロンドンを焦土《しょうど》と化すつもりかしら」

と、ミーナ。

「奴《やつ》らにそんな頭はないだろう」

坂本が眉《まゆ》をひそめて否定する。

「……だが、こちらを狙《ねら》う理由が分からんな」

「八十年ほど前に閉山された、古い採掘《さいくつ》場があることにはあるけど……」

ミーナは思い出した。

海が近いので地下水の問題で閉山されたものの、鉄鉱石の埋蔵《まいぞう》量でいえば、確か南部ブリタニア一、二を争う規模だったともされているのだ。

「どちらにしても、小賢《こざか》しい」

今は奴らの意図を詮索《せんさく》している場合ではないと、坂本は吐《は》き捨てる。

「こちらも二手に分かれましょう」

ミーナはすぐさま判断を下した。

「ロンドンに向かったネウロイ本隊は、私とバルクホルン、ハルトマン、それにエイラとサーニャの五名で殲滅《せんめつ》します。別働隊迎撃《げいげき》の指揮は、美緒、あなたに委《ゆだ》ねます。いいわね？」

「了解《りょうかい》！」

　と、ストライクウィッチーズの面々。

「残念ながら、親睦会《しんぼく》は中止です。みなさんは防空壕《ぼうくうごう》に避難《ひなん》を」

　ミーナはガレット少尉に告げた。

「イエス、マム！」

　敬礼したガレットは、国防市民軍に指示を出し、テキパキと集まった人々を誘導《ゆうどう》する。

　整然と、とは言えないまでも、女性と子供を最優先に、村人たちが落ち着いて防空壕がある教会へ向かう中。

「小さな村のために、隊を二つに割るんですか？」

　と、肩《かた》をすくめてミーナを見たのは、オーウェル記者である。

「馬鹿《ばか》げているとは思いませんかね？　これでロンドンに大きな被害《ひがい》が出れば、中佐さん、あなた、司令部だけじゃなくマスコミからも追及《ついきゅう》されますよ？　それに、村の方だって半数の魔女で守れるかどうか……」

「この村を見捨てて全機ロンドンに向かったら、あなたは誉《ほ》めてくださったかしら？」

　トラックに乗り込みながら、ミーナは尋《たず》ねた。

「さあねえ」

オーウェル記者は肩をすくめる。

「私たちのストライカー・ユニットのメンテは、どうなっていますの!?」

ドンッ！

そんな記者を突《つ》き飛ばすようにして、ペリーヌはトラックの荷台に飛び乗ると、バッと着ぐるみを脱《ぬ》ぎ捨てた。

「はっ！　すぐに上がれます！」

応《こた》える整備兵。

「では、基地に戻《もど》ります！」

と、ミーナ。

「こちらにユニットを持ってきているシャーリー、ルッキーニ、宮藤さんの三名は先行してちょうだい」

「了解！」

トラックが発進すると同時に、ストライカー・ユニットの展示場所に駆《か》け戻る芳佳たち。

「発進！」

三人はシートに着き、飛行脚《ストライカー》を身につけると大空に飛び立った。

＊　＊　＊

ルッキーニ、芳佳、シャーリーの三機は、円陣《えんじん》を組んで村の上空を旋回《せんかい》しながら、残りの僚《りょう》機《き》を待った。

程《ほど》なく。

「待たせたな！」

坂本とペリーヌ、それにリーネが、芳佳たちのところまで上がってきた。

ミーナが指揮する本隊が、白い飛行機雲を引きながら、緊急発進《きんきゅう》でロンドンに向かう様子も見える。

「海上で迎《むか》え撃《う》つ。行くぞ！」

坂本の命令で、移動を開始する芳佳たち。

数十秒後。

「あのネウロイ……扶桑艦隊《かんたい》を襲《おそ》ってきたのと、似てる」

巨大《きょだい》ネウロイが視認《しにん》できる範囲《はんい》に入ってきたのを見て、芳佳はつぶやいた。

扶桑皇国海軍の誇《ほこ》る艦隊を、たった一機で壊滅《かいめつ》させたあのネウロイとほぼ同型だ。

しかし……。

「どうした？」

唇《くちびる》をキュッと一文字に結んだ芳佳を振《ふ》り返って、坂本は尋ねた。

「何か……嫌《いや》な感じがするんです」

芳佳はじっと、巨大ネウロイを見つめる。

「……分かった、慎重《しんちょう》にいくぞ！　リーネとルッキーニ、シャーリーと宮藤でロッテを組め！

ペリーヌは私の二番機だ！」

「了解《りょうかい》！」

芳佳の直感を信じた坂本の命令の下《もと》、展開して、それぞれの得意な距離《きょり》から攻撃《こうげき》をかけるストライクウィッチーズ。

対する巨大ネウロイもビームを放つが、ウィッチたちはこれをシールドで防ぐ。

しかし。

「……おかしいよ」

遠距離《えんきょり》からM1919A6の狙《ねら》いを定めながら、ルッキーニは胸騒《むなさわ》ぎを覚えていた。

「芳佳の言った通り。手応《てごた》えがなさ過ぎって感じ」

いつになく、ビームの応射が薄《うす》い。

ビーム自体の出力も、かなり低く感じられる。

ルッキーニが別の角度から攻撃しようと、上昇《じょうしょう》を始めたその時。

「な、何あれ⁉」

ネウロイ下方のハッチらしいものがゆっくりと開いて、そこから小型のネウロイが飛び出してきた。

大きさは、半径3ｍ弱。

形は、この間の円盤《えんばん》形ネウロイに近いが、小回りはそれほど利《き》かないようだ。

「散開されると煩《うるさ》いか⁉」

舌打ちする坂本。

「だが、遅《おそ》い！」

ズバッ！

坂本はそのうちの一機に狙いをつけ、軍刀で一刀両断する。

ところが。

ピカッ！

「な、何だ⁉」

小型ネウロイは、白く眩《まばゆ》い光を放って爆発《ばくはつ》した。

凄《すさ》まじい爆風に吹《ふ》き飛ばされた坂本は、錐揉《きりも》み状態になりながら急降下してゆく。

「坂本さん！」

叫《さけ》ぶ芳佳。

「くっ！」

何とか体勢を立て直す坂本。

破片《はへん》が刺《さ》さったのか、軍服の袖《そで》が真っ赤に染まっている。

「宮藤さん！ 手当てを！」

悲鳴に近い声を発するペリーヌ。

「はい！」

「気にするな！」

苦痛に表情を歪《ゆが》めた坂本は、近寄ろうとした芳佳を制した。

「こいつら、一定以上のダメージで自爆する！ 近距離攻撃では爆発に巻き込まれるぞ！ 遠距離から撃ち落とせ！」

「了解！」

小型ネウロイ群から距離を取るウィッチたち。

「この、この、この！」

遠距離射撃を得意とするルッキーニとリーネのロッテが中心となって、小型ネウロイを仕留めてゆく。

だが、如何《いかん》せん、撃墜される小型ネウロイよりも、巨大ネウロイが吐《は》き出し続ける小型ネウロイの方が、圧倒的《あっとう》に数が多い。

そして、ウィッチーズが小型ネウロイにかまけている間に、本体の巨大ネウロイは村に近づいてゆく……。

一方、教会の敷地《しきち》内に設けられた、村の防空壕《ぼうくうごう》の中では。

「エディ～！」

「マーガレット！」

「トム、どこなの⁉」

「誰かうちのアニーを見ませんでした⁉」

避難《ひなん》してベンチに座る村人たちを掻《か》き分けるようにして、数人の女性が尋《たず》ね回っていた。

「どうしたんですか？」

落ち着かせようと、女性たちに声をかけるガレット少尉《しょうい》。

「う、うちの子供たちが！」

「まだ外にいるようなんです！　どうしましょう!?」

うろたえる母親たちは訴《うった》えた。

「国防市民軍は、子供たちの捜索《そうさく》に出る！」

ガレットは男たちを振《ふ》り返り、直ちに命じる。

「……どれ、あたしも協力しますかねえ」

と、立ち上がるオーウェル記者。

「あなたも？」

訝《いぶか》しがるガレット。

「ま、このまま穴倉に隠《かく》れていても、報道にゃならんでしょうから」

オーウェルはカメラを肩《かた》に掛《か》け、ウインクした。

実際のところ、ビームの直撃《ちょくげき》を受ければ、この程度の防空壕では助かる可能性は絶無に等しい。

気休めにしか過ぎない施設《しせつ》の中で埋《う》もれて死ぬのを待つよりは、外で特ダネのチャンスを狙《ねら》っていた方がマシだ、と考えるのが報道に携《たずさ》わる者の習性なのだ。

「大丈夫《だいじょうぶ》、子供さんは真剣《しんけん》に捜《さが》しますよ」

「……では、頼《たの》みます」

逡巡《しゅんじゅん》したのち、ガレットはうなずき、記者と一緒《いっしょ》に壕の外へ出た。

「ね〜、親分はどこ？」

男の子に手を引かれた少女が、キョロキョロと空を見上げながら尋ねていた。

「もうすぐ見えるって」

お兄ちゃんらしい男の子は他の子供たちを引き連れて、石垣《いしがき》のそばを通り、小麦畑の中のあぜ道を、村はずれの小高い丘《おか》の方へと向かう。

子供たちは全部で五人。

みんな、ルッキーニたちの戦いが見たくて、こっそりと防空壕から抜《ぬ》け出してきたのだ。

「大丈夫かな、親分？　負けてないかなあ？」

そばかすの多い赤毛の男の子が、小走りでみんなについて行きながら、心配そうにつぶやく。

「ったり前だろ、トム！」

妹を連れていた男の子は、トムを振り返ってグイッと親指を突《つ》き出した。

「俺たちの親分は、ロマーニャ公国空軍第4航空団所属の空のファンタジスタ！　ガッティーノこと、フランチェスカ・ルッキーニ少尉なんだぜ！」

空中戦の撮影《さつえい》ポイントを探して小麦畑の方に向かっていたオーウェル記者は、見晴らしのいいヒースの丘の方に歩いてゆく子供たちの姿を発見した。

「あ、あいつら！」

「とっ捕《つか》まえて、尻《しり》っぺたを叩《たた》いてやるか」

つぶやき、子供たちの後を追おうとするオーウェル。

と、その時。

「……ヤバいな」

オーウェルは子供たちの方に、一機の小型ネウロイが接近しつつあることに気がついた。

ちょうど、木立が目隠《めかく》しとなって、子供たちからはネウロイは見えない。

「おい！　ガキども！」

風と銃撃《じゅうげき》の音で、オーウェルの声は子供たちまで届かない。

(……待てよ)

オーウェルはふと、考え込む。

(ネウロイに殺された無辜《むこ》の子供たちの悲劇。……なるほど、明日の第一面を飾《かざ》るに相応《ふさわ》しい衝撃的《しょうげき》なネタだ)

オーウェルの手がカメラをつかみ、レンズを子供たちとネウロイに向ける。

(インパクトは十分！　子供たちが撃《う》たれる瞬間の画《え》が欲しい！)

シャッターにかかる指。

(どうせ今から助けに走っても、間に合いっこない。それなら、この一枚の写真と記事で全ブリタニア国民の戦意を高揚《こうよう》させ、一日でも早く勝利をもたらした方が、ずっと多くの人の命を守れるはずだ！)

オーウェルは、自分に言い聞かせる。

だが。

(……多くの人を……守る……ため？)

オーウェルの脳裏《のうり》を、宮藤博士の言葉がふと、過《よ》ぎった。

(その力を、多くの人を守るために……)

ファインダー越《ご》しに見える子供たちの姿。

シャッターの上の指が、鉛《なまり》のように重く感じられる。

(……それとも、ただ記者としての名声と、人々の賞賛を得るために？)

小型ネウロイが子供たちに気がつき、高度を下げ始める。

「……くそったれ！」

オーウェルの足は、勝手に子供たちに向かって駆《か》け出していた。

（止められる悲劇を止めようとするのが、人間だろうが！）

「お前ら、戻《もど》れ！」

オーウェルは叫《さけ》びながら、カメラのストロボを焚《た》いた。

（バシュ！）

（誰か、気がついてくれ！　ストライクウィッチーズ！）

（あれ？）

小麦畑で閃光《せんこう》が奔《はし》るのを視界の隅《すみ》で捉《とら》えたのは、ルッキーニだった。

「……あの記者さん？」

小麦畑を突っ切りながら、記者は怒鳴《どな》り、大きく手を振《ふ》って木立の方を指し示す。

「おい！　ガキどもが！」

ルッキーニは、そちらの方向に目をやった。

「！」

子供たちに接近する小型ネウロイの姿。

（あ、あいつら！）

ルッキーニは魔道《まどう》エンジンの出力を高め、子供たちに向かって飛ぶ。

「あ、親分だ！」

自分たちの方に向かって飛んでくるルッキーニに、子供たちは気がついた。

「親分！」

「おやぶ～ん！　頑張《がんば》れ～！」

手を振って応援《おうえん》する子供たちに、小型ネウロイが急接近する。

(これ以上近くであいつが爆発《ばくはつ》したら!?)

「危ない！」

警告を発しながら、急降下するルッキーニ。

そのルッキーニを、ちょうど背中を向ける形になった巨大《きょだい》ネウロイから発せられたビームが襲《おそ》う。

ビシュッ！

(被《ひ》弾《だん》!?)

身体《からだ》を捻《ひね》ると同時に、小型ネウロイを撃つルッキーニ。

「間に合ええええええっ！」

ドガーン！

子供たちをギリギリ巻き込まない位置で爆発するネウロイ。

爆風に煽《あお》られたルッキーニは、そのままコントロールを失って、木立の枝の間に突《つ》っ込んだ。

ザザザザッ！

服が小枝に引っかかって破けたおかげで、ショックが吸収され、辛《かろ》うじて立て直しに成功する。

（……大丈夫《だいじょうぶ》！　かすっただけ！）

ルッキーニは身体を起こしながら、自分に言い聞かせる。

だが。

「スピードが……出ない！」

どうやら、魔道エンジンのどこかがイカレたようだ。

（ああもう！　動きなさいよ！）

飛行脚《ストライカー》から漏《も》れる黒煙《こくえん》。

ルッキーニは高度を地表すれすれまで落とすと、腰《こし》に手を当てて子供たちをにらんだ。

「こら〜！　悪ガキども！　危ないでしょうが！」

「お、親分？」

近くで爆発音がしたので、驚《おどろ》いている子供たち。

「ほら、さっさと防空壕《ぼうくうごう》に入んなさい！　エディ、小さい子たちは、あんたが守んのよ！」

ルッキーニは、年長の子に命じた。

そこに、息を切らせたオーウェルが駆《か》け寄ってくる。

「ぶ、無事か⁉」

「と〜ぜん！……って、この連中のこと、教えてくれてありがとね！　記者さんのお陰で、助かったよ」

魔道エンジンが嫌《いや》な音を立てているのを誤魔化《ごまか》しながら、ルッキーニはオーウェルに言った。

「でも、死んじゃったら痛いから、記者さんも防空壕に隠《かく》れててね！」

「あ、ああ……」

まともにルッキーニの瞳《ひとみ》を見られないオーウェル。

「親分、あいつ、やっつけてくれるよね？」

エディが巨大ネウロイを指さして尋《たず》ねた。

「村、守ってくれる？」

と、妹のマーガレット。

「決まってるでしょ！」

ルッキーニは、チャーチル流のヴィクトリー・サインを見せる。

「……あいつを落とすのは、このフランチェスカ・ルッキーニよ！」

ルッキーニは子供たちに微笑《ほほえ》みかけると、巨大ネウロイめがけて上昇《じょうしょう》していった。

「宮藤！　ルッキーニを援護《えんご》しろ！」

ルッキーニの速度が著《いちじる》しく低下したのを見て、坂本は命じた。

「はい！」

芳佳はルッキーニに接近し、パンツの後ろの部分を引っ張って身体を支える。

「もう、芳佳！　ゴムが伸《の》びるでしょ！」

暴れるルッキーニ。

「だ、だって！　ルッキーニちゃん、上着ボロボロで持つとこないし！」

確かに。

木に突っ込んだ時にあちこち破れ、下手《へた》につかむと脱《ぬ》げそうである。

「ああん！　格好悪～い！」

「リーネ！　お前は巨大ネウロイのコアを撃《う》ち抜《ぬ》くことだけに集中しろ！　小型は残りのウィッチで叩《たた》き潰《つぶ》す」

さらに命令を下す坂本。

「はい！」

リーネは巨大ネウロイ上方が見渡《みわた》せる高度まで上昇し、坂本の魔眼の示した通りにボーイズMk1対装甲《そうこう》ライフルでコアを狙《ねら》う。

「距離《きょり》200。微風《びふう》。……よし！」

呼吸を整え、引き金を絞《しぼ》った次の瞬間《しゅんかん》。

ヒュン！

リーネの放った一弾が、コアを覆《おお》っていた上皮組織をかすめた。

「外れ！……でも、次で！」

もう一度狙いを定めるリーネ。

しかし。

ビシュッ！

バシュッ！

「！」

巨大ネウロイの放った二条のビームがシールドを突《つ》き破り、リーネの飛行脚《ストライカー》とライフルに命中した。

敢《あ》えてシールドの防御《ぼうぎょ》力を落とし、魔道エネルギーの殆《ほとん》どを狙撃《そげき》の方に回したのが裏目に出た形である。

「右飛行脚《ストライカー》、及《およ》びライフル被弾《ひだん》です！」

高度をジワジワ落としながら、悔《くや》しそうに坂本に報告するリーネ。

「怪我《けが》は⁉」

「大丈夫《だいじょうぶ》です！　でも魔道エンジンと武器が……」

「分かった！　お前はこのまま帰投しろ！　あとはこちらで何とかする！」

「すみません、離脱《りだつ》します！……ごめんね、みんな」

リーネはそう告げると、黒煙を上げながら基地に向かった。

「ルッキーニ！　お前が代わりにコアを狙え！」

坂本は、芳佳にぶら下げられているルッキーニに命じる。

「了解《りょうかい》……って、ええ⁉」

ルッキーニは突拍子《とっぴょうし》もない声を上げた。

「無理！　あたしも飛行脚《ストライカー》が！」

今の状態では、普段《ふだん》の半分ほどしか速度が出ない。

下手をすると失速して墜落《ついらく》である。

「分かっている！　だが、得物は使える！　無理でも狙撃手はお前しかいないんだ！　宮藤、ルッキーニを援護しろ！」

「……うう、さらに不安」

ルッキーニの表情が、まるでポンペイ最後の日にでも出くわしたかのように強張《こわば》る。

「……あ、あんまりだよ、ルッキーニちゃん」

芳佳はパンツをつかんだまま、ため息をついた。

「雑魚《ざこ》どもは、あたしたちが何とかするからさ！」

シャーリーが元気づける。

「つべこべ言わずに、おやりなさい！」

と、喚《わめ》くのはペリーヌだ。

「ペリーヌ、ついて来い！」

坂本はビームをかわしながら、小型ネウロイ群との距離を詰《つ》めて銃弾《じゅうだん》を叩き込む。

「お下がりなさい、下衆《げす》どもが！」

ペリーヌは、その坂本にピッタリ寄り添《そ》って天空を舞《ま》った。

「我々には……何もできないのか？」

防空壕《ぼうくうごう》の前では、ガレット少尉《しょうい》がウィッチたちの戦いの様子を見ながら唇《くちびる》を嚙《か》み締《し》めていた。

小型ネウロイ編隊は、村まであと数百mのところにまで迫《せま》っている。

だが、村には対空砲《ほう》一つないのだ。

「な〜んにも、できないっちゅ〜ことぉは〜……ないじゃろ〜の〜」

ガレットの隣《となり》で間延びした言葉を発したのは、老スコット少尉だ。

「そんな旧式の装備では」

振《ふ》り返ったガレット少尉は、スコット老のエンフィールド銃を指さした。

「ネウロイには、傷一つつけることさえできないんですよ」

「やってみるまで〜は〜、できるかできんか〜、分からんじゃろ〜が〜」

老スコットは前歯二本が抜《ぬ》けた口で、ニ〜ッと笑った。


「ちっ！　村に入られる！」

弾倉を交換《こうかん》しながら、シャーリーが舌打ちした。

小型ネウロイ編隊と村との距離は、あと150mを切っている。

「本体のコアさえ破壊《はかい》できれば」

唇を噛み締める坂本。

だが、飛行脚《ストライカー》がほとんど使えない状態のルッキーニは、なかなか巨大ネウロイに接近することができない。

と、その時。

二つの気球が、ネウロイの侵攻《しんこう》を阻《はば》むように空に上がった。

「阻塞《そさい》気球？　この村にも配備されていたのか!?」

村外れの納屋《なや》から上がった気球を見て、坂本は驚愕《きょうがく》する。

だが。

「あ、あれは……？」

ポカンと口を開けるペリーヌ。

よく見ると、軍仕様の阻塞気球ではない。

それは、親睦《しんぼく》会のために村人が用意した熱気球で、気球の下に下《さ》げられている垂《た》れ幕には、

『歓迎《かんげい》　ストライクウィッチーズ！』と書いてあった。

気球の間には、ワイヤーのネットが張られている。

突然《とつぜん》上がってきたそのネットに、先行する小型ネウロイの一機がひっかかり、わずかに動きが鈍《にぶ》る。

グワンッ！

編隊が乱れ、後続のネウロイが前の一機に追突した。

「今だ！」

シャーリーが、先頭の一機に向けて銃弾を放った。

バーンッ！

大爆発《ばくはつ》するネウロイ。

ドウッ！

ドウッ！

爆炎《ばくえん》が近接するネウロイを巻き込み、さらに爆発を呼ぶ。

次々と誘爆《ゆうばく》してゆく、小型ネウロイ群。

誘爆を避《さ》けようと、急上昇《きゅうじょうしょう》をかけるネウロイは、ペリーヌのブレン・ガンの餌食《えじき》になる。

しかし、その間隙《かんげき》を縫《ぬ》って、一機が村に迫る。

「させるか！」

ガッ！

坂本は体当たりをかけて、自分のフィールドでネウロイを弾《はじ》き飛ばし、そのまま軍刀を突《つ》き立てた。

そして、ネウロイの爆発が、坂本を巻き込む寸前。

「少佐《しょうさ》！」

ブンッ！

ペリーヌは背後から坂本に抱《だ》きつくと、シールドを二重にして爆発から自分たちの身を守った。

「ペリーヌ……？」

「え、援護《えんご》しろとの……ご命令でしたので」

坂本の背に額を押し付けるようにして、うつむくペリーヌ。

「ああ、助かった」

坂本は少し照れ臭《くさ》そうにペリーヌの髪《かみ》を撫《な》でてやると、残りの小型ネウロイの掃討《そうとう》に取りかかった。


「芳佳！　パンツ引っ張り過ぎ！」

ルッキーニは、自分を引き上げて飛ぶ芳佳に不平を漏《も》らしていた。

「そ、そんなこと言ったって！」

巨大《きょだい》ネウロイのビームが、芳佳の張り巡《めぐ》らせるフィールドに命中する。

「わっ！　ちょっと！」

ルッキーニは危《あや》うく、M1919A6を落としそうになる。

「芳佳!?　大丈夫《だいじょうぶ》!?」

「私は平気です!　早くコアを!」

　と、芳佳。

「……駄目《だめ》!　やっぱり遠過ぎ!」

　一旦《いったん》は構えたものの、ルッキーニはすぐに照準から目を離《はな》す。

「距離《きより》を詰《つ》めます!　フィールドは私に任せて、ルッキーニちゃんは狙撃《そげき》だけに魔力を集中して!」

「うん!」

「行きますよーっ!」

　ルッキーニのパンツをつかんだまま、速度を上げてネウロイの上面に向かう芳佳。

「キャアアアアッ!　ぶつか……!」

　思わず目を瞑《つぶ》るルッキーニ。

　だが無論、ぶつかりはしなかった。

　芳佳は激突《げきとつ》寸前で体勢を変えると、ネウロイの上部スレスレのところを滑《すべ》るように飛んでみせたのだ。

　抱《かか》えられたルッキーニと、ネウロイの身体組織上部までの距離は30 cmもない。

「し、心臓に悪いって」

と、ルッキーニ。

「このまま、コアに近づきますよ！」

この角度なら、ビームは当たらない。

速度をさらに上げる芳佳。

しかし。

ギュンッ！

太さ50㎝ほどの鋭《するど》い棘《とげ》が、巨大ネウロイの上部全面に突如《とつじょ》として現われた。

そのうちの一本が、芳佳の右腹部を掠《かす》める。

「くっ！」

弾かれて、体勢を崩《くず》す芳佳とルッキーニ。

「宮藤さん！」

落下してゆく二人を目にして、ペリーヌが思わず悲鳴をあげた。

「しっかりしなさい、この豆狸《まめだぬき》！」

＊　＊　＊

ロンドンの司令部からの連絡《れんらく》を受けたミーナは息を呑《の》んでいた。

「何ですって！」

「チャーチル首相《しゅしょう》が被《ひ》災地《さいち》視察のためにロンドンのシティ地区に!?」

「ネウロイの進行速度と進路を考えると、ちょうど首相の上空が戦場となります！」

無線の声も緊張《きんちょう》している。

「どうして退避《たいひ》させないの!?」

「そ、それが……」

「首相、お願いです！　お車に！　安全な地域まで急いで避難を！」

地上では、秘書官がチャーチル首相を移動させようと、必死の説得に努めていた。

「まだ、市民の避難が終わっておらんよ」

チャーチルは葉巻きを燻《くゆ》らせ、瓦礫《がれき》の山に腰《こし》を下ろした。

「逃《に》げるのは、ロンドン市民がすべて、避難を終えてからだ」

「し、しかし！」

「いいかね」

チャーチルは、秘書官に落ち着いた声で語りかけた。

「戦況厳《せんきょう》しき折には、政治家が取るべき道は二つしかない。ひとつは、反撃《はんげき》の時を待ち、退いて耐《た》え忍《しの》ぶ道。もうひとつは、断固として踏《ふ》み止《とど》まり、気概《きがい》を示す道。今、取るべき道は後者だよ」

「……首相」

「こうして市民を激励《げきれい》するために視察に訪《おとず》れておきながら、いざ、敵を前にして尻尾《しっぽ》を巻いて逃げ出すことは、一国の首相として断じてできんだろう？」

チャーチルはそう言うと、葉巻きの煙《けむり》を吸い込み、気持ちよさそうに蒼《あお》い空を見上げた。

「さすがは戦時の名宰相《さいしょう》と言ったところ？」

無線で詳《くわ》しい説明を受けたミーナは微笑《ほほえ》み、ウィッチーズに指示を出す。

「被害を最小限に抑《おさ》えるため、速度を上げて、テムズ川上空でネウロイを撃退します！　みんな、いいわね!?」

ここで魔道エンジンをフル回転させて速度を上げれば、その分、戦闘《せんとう》に費《つい》やす時間は短縮される。

恐《おそ》らく、五分以下に。

だが、長年一緒《いっしょ》に戦ってきたWエースへの絶対の信頼《しんらい》が、ミーナの決断を促《うなが》した。

「了解《りょうかい》！」

ウィッチたちは、魔道エンジンの出力を上げる。

やがて、テムズ上に出て、川沿いに飛ぶウィッチーズの前に、ロンドン橋が見えてくる。

「ロン〜ドン・ブリッジ・イズ・フォ〜リンダウン……」

古い童謡《どうよう》を口ずさむエイラ。

そのあまりの不吉《ふきつ》さに、バルクホルンまでもが吹《ふ》き出しそうになる。

「バルクホルンとサーニャ、ハルトマンとエイラのロッテでいきます！」

降下してゆく巨大《きょだい》ネウロイ。

その機影《きえい》を捉《とら》えたミーナは命じた。

ネウロイの方もこちらに気づき、ビームを放ってくる。

ビームは川面《かわも》へも命中し、白い蒸気が巨大ネウロイを包み込む。

「目くらましのつもり⁉」

エイラに小型機を任せて、蒸気の中に突っ込んでゆくハルトマン。

後に続くエイラも期待に応《こた》え、小型機をハルトマンに近づけさせない。

最初に視認《しにん》した瞬間《しゅんかん》から、ハルトマンの脳裏《のうり》には巨大ネウロイの姿が、コアの位置までもが焼き付けられている。

目くらましは無意味だ。

ブウン！

「そこっ！」

ハルトマンの握《にぎ》るMG42から連射された銃弾《じゅうだん》が、上皮組織を削《けず》り、その下のコアを破壊《はかい》した。

一方。

もう一機の巨大ネウロイは、迎撃《げいげき》のために小型ネウロイを放とうと、下方のハッチを開き始めていた。

ギュン！

「……離《はな》れるな」

サーニャに声をかけて、バルクホルンはそのハッチからネウロイ内部に侵入《しんにゅう》する。

ブウウウウンッ！

背中合わせになって、身体《からだ》を回転させながらの舞《ま》うような乱射。

無数の銃弾が内壁《ないへき》に吸い込まれ、バルクホルンとサーニャがコアを突き抜《ぬ》けて外に飛び出た瞬間。

ピカッ！

巨大ネウロイは傾《かたむ》き、旋回《せんかい》しながらテムズに落ちていった。

「残り一機！」

小型ネウロイを掃討《そうとう》しながら、確認するミーナ。

バルクホルン隊とハルトマン隊は、競《きそ》い合うように最後の巨大ネウロイへと向かってゆく。

そして、撃墜《げきつい》。

「いつもより早いじゃない？」

Wエースの大胆《だいたん》な戦い方に目を細めるミーナに、司令部を介《かい》して首相秘書官からの連絡《れんらく》が入る。

「トゥルーデ、フラウ」

愛称《あいしょう》でバルクホルンとハルトマンに呼びかけたミーナは、首相秘書官からの命令を伝えた。

「下に降りて、首相と握手《あくしゅ》する写真を撮《と》らせろって言っているけど？」

ロンドン橋近くの河畔《かはん》には、秘書官やマスコミに囲まれた首相の姿が見える。

「ふん、くだらん」

ミーナの予想通り、バルクホルンは言い捨てた。

「基地に戻《もど》り、補給。それから再出撃だ」

「そうそう、心配だものね、あの子たち」

と、ハルトマン。

「べ、別に心配はしていない！」

バルクホルンはほんの少し頬《ほお》を赤くすると、先行して基地に向かう。

「……と、いうことです」

ミーナは司令部に伝えると、チャーチル首相に向かって敬礼し、それからバルクホルンたちの後を追った。

＊　＊　＊

「……私は……豆狸《まめだぬき》じゃないですっ！」

ネウロイ上部から4、50ｍほど落下したところで、芳佳は何とか体勢を立て直した。

「ごめんなさい、ルッキーニちゃん！　怪我《けが》、してませんか⁉」

「う、うん。大丈夫《だいじょうぶ》！」

パンツはかなり伸《の》びたものの、ルッキーニの身体に怪我はない。

だが。

「もう一度、コアに接近します」

そう言った芳佳の軍服の右脇《わき》には、赤いものが滲《にじ》んでいた。

「芳佳、血！」

「自分で治せますよ。でも、今は……あいつを……」

喋《しゃべ》る度《たび》に、ほんの少し辛《つら》そうな表情になる芳佳。

「でも！」

「守るんでしょ、子分さんたちを？　ルッキーニちゃん、そう約束したじゃないですか？」

「芳佳……」

「いきます！」

芳佳は上昇し、またネウロイの上方に回り込む。

ギュン！

激突《げきとつ》寸前まで急降下。

ビームと棘《とげ》をかい潜《くぐ》って、ルッキーニと芳佳はコアを探した。

「どこ!?　コアはどこよ!?」

シールドに棘がぶつかる度に、二人の身体《からだ》に衝撃が走る。

「……見つけた！　あそこです！　あそこにコアが！」
芳佳は指さした。
同時に、ルッキーニの瞳《ひとみ》も輝《かがや》くコアを捉《とら》える。
距離《きょり》約300。
風、向かい風。
(今！)
トリガーを引くルッキーニ。
(手応《てごた》えあり！)
音速を超《こ》え、コアに向かって真っ直《す》ぐに飛ぶ銃弾。
だが。
ピカッ！
突然、ネウロイのコアが、格子《こうし》状のビームに覆《おお》われた。
銃弾はビームに触《ふ》れると、白熱化してジュッと蒸発して消失する。
「何、あれ！　反則！　ずっるい！」
叫《さけ》んだルッキーニは芳佳を振《ふ》り返る。
「ど、どうしよ！」

「え、ええっと……ちょっと待ってて！」

芳佳はいったん巨大《きよだい》ネウロイから距離を取ると、ルッキーニをその場に残し、再度ネウロイに接近する。

襲《おそ》いかかるビーム。

フィールドでビームをそらしながら、芳佳は棘の間を縫《ぬ》うようにして飛び、もう一度コアに近づく。

「あれが……阻塞《そさい》気球であんなに苦労したヤツの飛び方か？」

小型ネウロイを撃墜《げきつい》しながら、シャーリーは芳佳の飛行能力に目を見張った。

「いける……いって！」

普段《ふだん》、毛嫌《けぎら》いしていることを忘れ、ペリーヌも祈《いの》る。

「！」

ダダダダッ！

弾倉《だんそう》の13・2㎜×99弾を、ありったけ叩《たた》き込む芳佳。

だが、ギリギリまで近づいての連射もすべて、回転する格子状のビームに阻《はば》まれてしまう。

「……やはり、駄目《だめ》か」

落胆《らくたん》の表情を隠《かく》しきれない坂本たち。

だが。

「ルッキーニちゃん!」

芳佳はルッキーニを待たせていたところまで戻《もど》ってくると、再びルッキーニのパンツをつかんだ。

「格子の隙間《すきま》、２㎝くらいありますよ!　回転の速度は大体一秒に一回ぐらい!」

「ど、どうする気!」

背中から腰《こし》のあたりを抱《だ》きかかえられる格好になったルッキーニは、一緒《いっしょ》に上昇《じょうしょう》しながら尋《たず》ねる。

「コアの真上に出て、そこから急降下します。私がルッキーニちゃんを抱《かか》えたまま、格子に合わせて身体を回転させますから、ルッキーニちゃんは格子の隙間からコアを撃《う》ち抜《ぬ》いてください」

「無理だよ!　あたしには無理!」

確かに、身体を回転させる速度が格子の速度とピッタリ合いさえすれば、格子は静止しているのと同じ。

だがそれでも、その隙間は銃弾が通り抜けられるギリギリの幅《はば》だ。

「きっとできます!　私、ルッキーニちゃんのこと、信じてますから!」

急上昇をかける芳佳。

「……芳佳」

（そっか。リーネが言ってたの、こういうことなんだ。芳佳が勇気をくれるって……）

芳佳とルッキーニは、ネウロイのコアの上空に出た。

この高さからだと、巨大ネウロイが普通《ふつう》の戦闘機《せんとうき》程度の大きさにしか見えない。

「いきますよ！」

「もう！　なるようになるわよ！　マンマ・ミーア！」

ルッキーニがうなずくと同時に、芳佳は垂直に急降下する。

照準を合わせながら、芳佳に指示を出すルッキーニ。

「回転速過ぎ！」

芳佳はわずかに回転の速度を落とす。

「今度は遅《おそ》い！」

「はい！」

「もう少し……そう……今！　バッチリ！」

格子と芳佳の回転速度が一致《いっち》した。

「あたしがあたしを信じらんなくても……あたしには、あたしを信じてくれる仲間がいる！」

照準の先には、幅2㎝の格子の隙間。

「この一弾に……乗っかれ、あたしの勇気！」

ルッキーニはトリガーを絞《しぼ》った。

M1919A6の銃口《じゅうこう》から放たれた一弾が、真っ直《す》ぐにコアを目指し……ビームの格子《こうし》をすり抜けて命中した！

「……ったーっ！」

光に包まれるコア。

巨大ネウロイはゆっくりと傾《かたむ》き、旋回しながら海へと落ちていった。

*　　*　　*

巨大ネウロイが崩壊《ほうかい》しながら海中に没《ぼっ》するのを見とどけて、ルッキーニと芳佳は村へと降りてきた。

「くったびれた～」

ゴムが伸《の》びきったパンツを引き上げるルッキーニ。

「芳佳ちゃ～ん！」

と、手を振《ふ》って駆《か》けてくるのはリーネである。

坂本とシャーリー、ペリーヌも、高度を落としてこちらに向かってくる。

「リーネちゃん！　よかった～！　怪我《けが》は～!?……っと？」

芳佳もリーネに向かって駆け出そうとして、水溜《みずた》まりにはまってベチャッと転んだ。

「あたたた……、リーネちゃん、大丈夫《だいじょうぶ》!?」

顔を泥《どろ》だらけにした芳佳は、リーネに飛びついた。

「うん！　全然平気だよ～！　飛行脚《ストライカー》が、私を守ってくれたみたい！」

むしろ、リーネとしては、芳佳の方が心配だという様子で苦笑《くしょう》する。

「……ほんとに不思議……何なんだろ、芳佳って？」

リーネと抱き合ってきゃあきゃあと喜ぶ芳佳を見つめながら、ルッキーニはつぶやき、頭《かぶり》を振った。

「ん、あいつか？」

ちょうど降りてきた坂本が、ルッキーニの肩《かた》に左手を置く。

「うまくは言えないが」

と、前置きしてから、坂本は言った。

「あいつがいざという時に力を見せるのは、約束、だからだろうな」

「約束？」

「その力をたくさんの人を守るために」

「え？」

「それが宮藤博士の墓碑銘《ぼひめい》であると同時に、宮藤芳佳というひとりの少女が亡《な》き父親と交《か》わした約束なんだ」

「……約束ねえ？　やっぱ、よく分かんないや」

また首を傾《かし》げるルッキーニ。

どうやらルッキーニにとって、芳佳は永遠の謎《なぞ》のようだ。

と、そこに。

「親分！」

「おやぶ～ん！」

村の子供たちが手を振って、ルッキーニのまわりに集まってきた。

「さっすが、親分！」

「親分、最高！」

尊敬のまなざしを、ルッキーニに向ける子供たち。

「言ったでしょ、あいつを落とすって？」

ルッキーニは胸を張って、ふと気がついた。

（……そっか。こういうこと）

「あたしも……、約束、守ったんだ」

少女の口元には、いつの間にか微笑《ほほえ》みが浮《う》かんでいた。

「残念ですよ～、村のみんなに取～って置きの、宮藤特製タコ焼きをご馳走《ちそう》する前に、親睦会《しんぼく》が終わっちゃって」

坂本の腕《うで》の手当てをしながら、芳佳は言った。

「一応、聞きますけれど、それは人間が食べても害がないものなのでしょうね？」

疑いの視線を向けるペリーヌ。

「あ、当たり前ですよ！」

「どうだか？」

「ま、それは次の機会のお楽しみ、だな」

と、坂本が包帯を巻いた腕を軽く回しながら立ち上がったところに。

「どうやら、ロンドンの方も無事に守れたようですな」

オーウェルが頭を掻《か》きながら、坂本の前にやってきた。

「ええ、おかげさまで」

軽く会釈《えしやく》する坂本。

「被害《ひがい》はほとんどゼロ。これじゃ大したニュースにはなりそうにありませんよ」

オーウェルは言った。

「そのわりには、楽しそうな顔をしていらっしゃるが？」

坂本は尋《たず》ねる。

「実は、前に無くしたものを、偶然《ぐうぜん》この村で拾いましてね」

「無くしたもの？」

「ええ。矜持《きょうじ》っていう、つまらんガラクタです。今はここにしまってありますよ」

オーウェルは自分の胸を指さし、それからカメラを構えた。

「一枚、よろしいですか？　ウィッチーズのみなさん、ご一緒に？」

「……構わんでしょう」

坂本はうなずき、みんなを呼び寄せる。

坂本に寄り添《そ》うペリーヌ。

リーネと並ぶ芳佳。

そして、シャーリーの胸をつかむルッキーニ。

「はい、笑って！」

パシャリ！

オーウェルはシャッターを押した。


しばらくして、親睦会の後片づけも終わり……。

「芳佳～」

基地に帰るトラックに乗り込もうとする芳佳の背中に、ルッキーニは声をかけた。

「はい？」

振《ふ》り返る芳佳。

「ありがと」

「えへへ」

芳佳はちょっと頰《ほ》っぺたを赤くして、照れ臭《くさ》そうに笑った。

そして……。

＊　＊　＊

翌日のトリビューン紙の第一面を飾《かざ》ったのは、次のような記事だった。

『魔女たちの救いしもの』

先日、首相《しゅしょう》の視察を狙《ねら》ったかのようにロンドンを急襲《きゅうしゅう》したネウロイは、ヴィルケ隊長、Wエースのハルトマン中尉《ちゅうい》、バルクホルン大尉を始めとする第501統合戦闘《せんとう》航空団、ストライクウィッチーズの活躍《かつやく》によって撃退《げきたい》された。

だが、このテムズ上空の戦いが注目される一方で、ストライクウィッチーズの別働隊が、名も無き小さな村を救ったことも無視できない。

ロードマップを見ても、その名を見つけることの難しい、小さな寒村。

その田舎《いなか》の村もまた、我らが首相が、瓦礫《がれき》の下敷《したじ》きならんとしていたその時に、ネウロイの襲撃を受けていたのである。

戦略上も重要とは到底《とうてい》思えない、小さな村を攻撃したネウロイの意図は不明である。だが、彼らを撃退したウィッチたちは、ひとつの大きな戦果を挙げた。

村を守ったウィッチの半数以上はWエースと比べると未熟な、若い乙女《おとめ》たちである。リベリオン、ガリア、扶桑、ロマーニャと、国籍《こくせき》も区々な彼女たちは、己《おのれ》の命をかけて、ロンドン防衛のために見捨てられても致《いた》し方《かた》ないと思われる村と、そこに住む人々を守り通した。

そうして勝ち得たのだ。

村の人々の信頼《しんらい》と友情を。

これは、何ものにも代え難《がた》い戦果と言えよう。

魔女たちは、誰《だれ》も見捨てはしない。

多くの人々を守るため。

そのために、今日も彼女たちは大空を飛び続けるのだ。


「……名も無き村、は失礼よねえ」

新聞を机に置いたミーナは、クスリと笑った。

エピローグ
EPILOGUE

STRIKE WITCHES
Shimada Humikane & Projekt Kagonish

　ブリタニア南部。

　グラストンベリー近郊《きんこう》上空。

　時刻は、午前七時二十分。

　抜《ぬ》けるような快晴の蒼穹《そうきゅう》を、五人のウィッチたちが舞《ま》っていた。

「まったく、早朝の自主訓練にかこつけて、こんなに遠出するなんて」

　編隊飛行を続けながら、ペリーヌは顔をしかめた。

「ちょ、ちょっと心配です」

　と、飽《あ》くまでも気弱なリーネ。

「ネウロイも昨日来たばっかだもん、今日はお休みでしょ？」

　先頭を飛ぶシャーリーが、ニッと笑う。

「にしたって……」

「ほらほら！　見なよ、芳佳！」

ルッキーニが前方を指さした。

大草原の真ん中に円を描《えが》くように配置された巨大《きょだい》な岩々が、芳佳の視界に飛び込んでくる。

「あの～、あれって何なんですか？」

尋《たず》ねる芳佳。

「……古代ケルトの民《たみ》の遺跡《いせき》ですわ」

ペリーヌが、その荘厳《そうごん》さに打たれたかのような顔つきで、歴史に思いを馳《は》せる。

「そう。あれこそが太古からの、大地に刻まれた人の営みの記憶《きおく》よ」

「人の営みの……記憶」

無骨な岩を見つめる芳佳。

（お父さんも……見たのかな、この遺跡……）

「人間はこの美しい大地の上で生き延びるために、必死で抗《あらが》い続けてきたのです」

いつになく和《なご》やかな表情のペリーヌ。

「ちょうど、今の私たちと同じように」

「そうそう、気の遠～くなるような昔っからね～！」

と、ルッキーニ。

「……あなたが言うと、ずいぶん、軽く聞こえますけど？」

ペリーヌの唇《くちびる》から漏《も》れるため息。

「いいじゃない！　ほらほら！」

ルッキーニは遺跡の上で、インメルマン・ターンを鮮《あざ》やかに決めて見せる。

「気〜持ちい〜いっ！」

「……まあ、確かに、たまには息抜《いきぬ》きも必要かも知れませんけれど」

諦《あきら》めた表情になるペリーヌ。

「お？　お高くとまったお嬢様《じょうさま》が、本日はずいぶんと寛大《かんだい》なことで？」

面白《おもしろ》がるような顔つきを作ってからからシャーリー。

「たまには、と言ったんですわ！　たまには、と！　あなたがたみたいに三十秒毎《ごと》に息抜きされてたまりますか！」

ペリーヌは喚《わめ》き散らしてから、その怒《いか》りの矛先《ほこさき》を芳佳にも向ける。

「宮藤さん！　あなたもいつまでも豆狸《まめだぬき》みたいなノホホ〜ンとした顔でダラケているんじゃありません！　坂本少佐《しょうさ》がお困りになるでしょう!?」

「だから、私は豆狸じゃないですってば！　もう！」

芳佳はベエッと舌を出してリーネの手を取ると、ペリーヌを振《ふ》り切るように速度を上げる。

「ま、待ちなさい！　まだ話は終わっていませんことよ！」

「嫌《いや》ですよ〜だ！」

大きく左に旋回《せんかい》すると、眼下はヒースの野原。

草を食《は》む白い羊たちが、まるで翠《みどり》の海に浮《う》かぶ千切れ雲のようだ。

ラバにまたがった羊飼いたちが、芳佳たちを見上げて、手を振っている。

「地球って……丸いんだね」

緩《ゆる》やかに湾曲《わんきょく》した地平線を目《ま》の当たりにして、つぶやく芳佳。

「うん。このまま一周できそう」

うなずくリーネ。

（……私、頑張《がんば》るからね、お父さん）

芳佳はリーネと一緒《いっしょ》に、羊飼いたちに向かって大きく手を振り返すと、速度を上げて上昇《じょうしょう》した。

その後に続く、シャーリー、ペリーヌ、そしてルッキーニ。

「その力を……多くの人を守るために！」

鋼鉄のホウキを駆《か》る魔女《まじょ》たちは、蒼天高くに吸い込まれていった。

解説

２００３年に、一つのメディアミックス企画が立ち上がりました。そのキャラクターデザインを、かねてから気になっていた島田《しまだ》フミカネさんに打診《だしん》して生まれたのが、『ストライクウィッチーズ』です。

ただ、元々の擬人化兵器少女の設定では、ＴＶアニメにするには難しい部分も多かったので、島田さんと改めて設定や世界観を詰める必要がありました。

こうして、舞台《ぶたい》は我々の世界とは似て非なる世界、そこには魔法《まほう》があり、「ウィッチ」と呼ばれる魔女たちがいる世界が誕生しました。物語は、その世界の１９３９年から始まります。

実際の第二次世界大戦をモチーフとしていますが、そのままだと女の子同士が殺し合う、殺《さつ》伐《ばつ》として悲惨《ひさん》な物語になってしまいます。特に主人公が日本人である以上、最終的には負けることが最初から決まっているのも、展開上問題があります。もちろん、そういった方向性を好む人もいると思います。しかし、この作品のテーマは「いかにして女の子を可愛《かわい》くするか」でした。

作品の方向性や設定、世界観、そして物語において、女の子が可愛くならないような場合はそれを変えて、可愛くなるようにしました。この「可愛く」というテーマは、TVアニメ版の高村和宏《たかむらかずひろ》監督の意向も同じで、物語作りから行動や台詞《せりふ》回しにおいて、どのように可愛くするか、そして悩んだ場合はその子が(結果的に)可愛くなる方向が正しいとして進めていました。

この可愛いというのは、表層的な見た目の可愛さだけではなく、行動し、考え、悩《なや》み、苦悩《くのう》し、傷付き、その中で成長していくさまが可愛い必要があります。物語は、まずキャラクターありきで、そのキャラクターをどれだけ魅力的に描《えが》けるかということでもあります。

そして、メディアミックス企画なので、他の媒体《ばいたい》でも作品が生まれています。このノベライズも含め、もう一つの小説、コミック、そしてイラストコラム、フィギュアなどと。それぞれに対してのオーダーも、まず女の子たちを可愛く描いて下さい、ということでした。色々な人が関わっている以上、それぞれの人が考える可愛さというのはあると思います。それを追求しつつ、生まれているのがこれら他の作品です。

さて、そういったコンセプトの元に作られている『ストライクウィッチーズ』ですが、物語は前述の通り、第二次世界大戦がモチーフになっています。しかし、大きく違うのは、この世界では「ネウロイ」という異形の敵の襲撃《しゅうげき》を受けており、そしてそれに立ち向かえるのは「ストライカーユニット」と呼ばれるメカ脚《あし》をはいた女の子たち＝ウィッチだけでした。というのも、ネウロイは金属を消滅《しょうめつ》させるビームを発射し、しかも強力な再生能力を持っています。通常兵器の攻撃では、ネウロイに多少のダメージを与えても、すぐに再生され、しかも向こうの攻撃を防ぐ術《すべ》はビームを避《よ》けるだけです。それに対して、ウィッチの基本的な魔力の一つに、シールドをはれるというのがあります。このシールドにより、ネウロイのビームをはじき返し、身を守り、ネウロイに接近して攻撃できるのです。

そして、メインキャラクターたちは、実在した第二次世界大戦のエースパイロットがモデルになっています。各キャラクターの設定、例えば出身、階級、誕生日、機体などにそれは使われています。例えば、「ハルトマン」と「バルクホルン」は、世界で二人だけ、それぞれの撃《げき》墜《つい》機数が300機を超えた、本当に空前絶後のスーパーエースでした。それ以前にもそんな戦果はなく、そして今後も多分ありえないでしょう。他のエースたちも、それぞれが驚くほどの活躍をしています。もちろん、その人たちが活躍できたのは、それを支える多くの人がいたからでもありますが。

しかし、そんな人々のことは歴史の彼方《かなた》に忘れ去られつつあります。『ストライクウィッチーズ』を通じて、すこしでもそんな人々に思いを馳《は》せて貰《もら》えればと思います。

ちなみに「リーネ」だけが、モデルがちょっと他と違います。名前から想像できるウィッチではなく、そこから一ひねりしてあります。誰《だれ》がモデルなのか、興味があれば調べてみるのも面白《おもしろ》いかもしれません。

鈴木貴昭（『ストライクウィッチーズ』世界観設定・軍事考証）

ストライクウィッチーズ 乙女ノ巻《おとめのまき》

著：南房秀久《なんぼうひでひさ》
原作：島田《しまだ》フミカネ＆
Projekt Kagonish《プロイエクトカーゴニッシュ》

角川文庫 15255

平成二十年八月一日　初版発行
平成二十二年九月五日　八版発行

発行者—井上伸一郎
発行所—株式会社角川書店
東京都千代田区富士見二—十三—三
電話・編集（〇三）三二三八—八六九四
〒一〇二—八〇七八
発売元—株式会社角川グループパブリッシング
東京都千代田区富士見二—十三—三
電話・営業（〇三）三二三八—八五二一
〒一〇二—八一七七
http://www.kadokawa.co.jp

印刷所—暁印刷　製本所—BBC
装幀者—杉浦康平

定価はカバーに明記してあります。

S 129-14　ISBN978-4-04-473901-0　C0193

角川文庫発刊に際して

角川源義

第二次世界大戦の敗北は、軍事力の敗北であった以上に、私たちの若い文化力の敗退であった。私たちの文化が戦争に対して如何に無力であり、単なるあだ花に過ぎなかったかを、私たちは身を以て体験し痛感した。西洋近代文化の摂取にとって、明治以後八十年の歳月は決して短かすぎたとは言えない。にもかかわらず、近代文化の伝統を確立し、自由な批判と柔軟な良識に富む文化層として自らを形成することに私たちは失敗して来た。そしてこれは、各層への文化の普及滲透を任務とする出版人の責任でもあった。

一九四五年以来、私たちは再び振出しに戻り、第一歩から踏み出すことを余儀なくされた。これは大きな不幸ではあるが、反面、これまでの混沌・未熟・歪曲の中にあった我が国の文化に秩序と確たる基礎を齎らすためには絶好の機会でもある。角川書店は、このような祖国の文化的危機にあたり、微力をも顧みず再建の礎石たるべき抱負と決意とをもって出発したが、ここに創立以来の念願を果すべく角川文庫を発刊する。これまで刊行されたあらゆる全集叢書文庫類の長所と短所とを検討し、古今東西の不朽の典籍を、良心的編集のもとに、廉価に、そして書架にふさわしい美本として、多くのひとびとに提供しようとする。しかし私たちは徒らに百科全書的な知識のジレッタントを作ることを目的とせず、あくまで祖国の文化に秩序と再建への道を示し、この文庫を角川書店の栄ある事業として、今後永久に継続発展せしめ、学芸と教養との殿堂として大成せんことを期したい。多くの読書子の愛情ある忠言と支持とによって、この希望と抱負とを完遂せしめられんことを願う。

一九四九年五月三日

〈ファンレターのあて先〉
〒102-8078 東京都千代田区富士見2-13-3
角川書店 スニーカー編集部気付
「南房秀久先生」係

ミスマルカ興国物語
林トモアキ
イラスト／ともぞ
これぞ林トモアキ流
王道"系"ファンタジー!!
ミスマルカ王国の王子マヒロは、剣も魔法も使えない、遊んでばかりのぐーたら王子。そんな時、大陸制覇を狙う魔人帝国が侵略してきた！　はたしてミスマルカの運命は!?
絶賛発売中!
ミスマルカ興国物語Ⅰ～Ⅲ（以下続刊）
スニーカー文庫
SNEAKER BUNKO

独りじゃできないこともある
最弱主人公マリアの
冒険と友情の物語《ファンタジー》！
薔薇のマリア
Ao Jyumonji
十文字青
イラスト/BUNBUN
◎長編
薔薇のマリア Ⅰ.夢追い女王は永遠に眠れ
薔薇のマリア Ⅱ.壊れそうなきみを胸に抱いて
薔薇のマリア Ⅲ.荒ぶる者どもに吹き荒れろ嵐
薔薇のマリア Ⅳ.LOVE'N'KILL
薔薇のマリア Ⅴ.SEASIDE BLOODEDGE
薔薇のマリア Ⅵ.BLOODRED SINGROOVE
薔薇のマリア Ⅶ.SINBREAKER MAXPAIN
◎外伝、短編集：Ver バージョンシリーズ
薔薇のマリア Ver0 僕の蹉跌と再生の日々
薔薇のマリア Ver1 つぼみのコロナ
薔薇のマリア Ver2 この歌よ届けとばかりに僕らは歌っていた
薔薇のマリア Ver3 君在りし日の夢はつかの間に
薔薇のマリアは、ここから始まる！
薔薇のマリアVer0 僕の蹉跌《さてつ》と再生の日々
法も秩序もない都市エルデンで、小銭を稼ぐ美貌の《侵入者》マリアローズ。両親を失い、孤独の日々を送っていたが、あるとき「トマトクン」と名乗る謎の剣士に出あったことから、再生の日々が始まる──!? 「薔薇のマリア」最初のエピソード！ 孤独な主人公マリアが、仲間と出会うまでの物語──
1巻を読む前にぜひお読みください。シリーズをより面白くお楽しみいただけます。
十文字青
薔薇のマリア Ver0
A BRAVE HEART REDRO
角川スニーカー文庫

は暴走中!
著／谷川 流
イラスト／いとうのいぢ
スニーカー文庫